달라이 라마

제14대 달라이 라마. 텐진 갸초. 1935년 티베트 북동부 지방에서 가난한 농부의 아들로 태어났다. 두 살 때 제14대 달라이 라마로 인정을 받았다. '달라이 라마'라는 칭호는 '지혜의 바다'를 의미하며, 이 이름을 가진 사람은 자비의 보살인 관세음보살의 환생으로 여겨진다. 어린 달라이 라마는 가족과 함께 티베트의 수도 라싸로 이주해 철저한 영적 교육과 종교적 훈련을 받은 뒤, 1940년 제14대 달라이 라마로 즉위했다.

중국의 티베트 침공 이후 인도로 망명하여 다람살라에 티베트 망명 정부를 수립한 달라이 라마는 철저한 비폭력 노선을 견지하며 티베트의 자치권을 위해 노력해 왔다. 무력에 의한 해결은 어떤 것이라도 일시적인 것일 수밖에 없다고 믿는 그는 "무기를 버리려면 먼저 마음속에서 무기를 버려야만 한다. 유일한 평화는 우리의 마음속에서부터 이루어져야 한다."고 말한다.

1989년 노벨 평화상을 받으며 세계인의 정신적 스승으로 떠오른 달라이 라마는 불교계 최고의 지도자로서 전 세계를 다니며 강연을 하고 있다. 자애와 연민, 환경 보호 그리고 무엇보다 세계평화를 호소하는 그의 강연과 법문은 많은 사람들에게 감명을 주고 있다. 넓은 지식, 편견 없는 연구, 높은 경지에 이른 수행, 그리고 겸손함으로 유명한 달라이 라마는 "나는 소박한 불교 승려다."라고 말한다.

_ 달라이 라마 어록 _

아침에 일어나면
꽃을 생각하라

불광출판사

아침에 일어나면
꽃을 생각하라

달라이 라마의
말씀 읽기를
권하며

달라이 라마 존자는 법(진리)을 원하는 곳이면
이 세상 어디라도 달려가신다.
그 가르침은 '종교'에 국한되지 않는다. 오히려
인간으로 살아가면서 필요한 '길'에 무게가 실려
있다. 그 길은 편리함이나 부유함으로 나아가는
길과는 거리가 멀다. 인간으로서 누릴 수 있는
참행복의 길, 존자님은 그 길이 '의식의 전환'에
있다고 말씀하신다. 존자님에게 있어 의식의
전환은 곧 불교에서 말하는 깨달음과 다르지 않다.

그래서인지 어느 때 어느 곳에서 하신 말씀이든
생명수와 같은 힘과 희망이 있다.
이 세상에는 많은 종교가 있지만 대부분 가르침은
가치와 정신에 치중하기보다는 자기 종교의 의식과
예식만을 강요한다. 성직자들 역시 이것이 신앙의
본질인 양 이야기한다. 하지만 종교인이 진정
추구해야 할 것은 다른 데 있다. 바로 자비이다.
달라이 라마는 보리심(菩提心)과 공성(空性)에 대한
바른 이해와 실천 수행을 누누이 말씀하신다.
그런 가운데 가난하고 소외 받으며 병들어
아픈 중생에게 자기희생을 바탕으로 힘이 되어
주고 배려하는 모습을 몸소 보여주신다.
그것이 종교(인)의 출발점인 것이다!
거대한 사원에 있는 신상이 어떤 소원이나 바람을
대신하여주지 않는다. 그럼에도 대부분 깊은 신심은
있지만 자기희생이 결부되지 않은 신자들이기
쉽지 않은가!

지금 여기 존자님의 말씀 한 구절 한 구절은
칠흑같이 어두운 절망 속에서 한줄기 빛처럼
우리에게 용기와 희망을 준다. 흔히 신앙인들은
자기 종교만을 최고로 여기며 타종교를 업신여기고
무시하는 경우가 많다. 이 열린 세상에 우리는 그런
종교적 아집에서 벗어나 인류 화합의 길 ― 참다운
사랑과 자비를 실천하는 사람으로 거듭나야 한다.
그래서 누구나가 숭고한 영성을 지닌 존재로서
살아간다면 이 세상은 행복의 열린 장이 되어갈
것이다.

달라이 라마의 이 귀한 말씀이
잃어버린 자신을 찾는 선연이 되길 기원하며
추천의 글을 삼가 적어본다.

_ 북인도 한자리 31년의 다람살라에서, 비구 청 전

일러두기

Ignorance는 '무지' 그리고 Compassion은 '연민'으로 옮겼다.
각각 '무명(無明)', '자비(慈悲)'로 옮길 수 있다.
하지만 평소 대중을 대하는 달라이 라마의 태도를 감안해
불교식 용어는 피했다.

목차

지평선, 세리그라피, 18×24.5cm, 1979

행복한 삶을 위한 첫걸음은 모든 사람들을
친절한 태도로 대하는 것이다.

The first step toward living a happy life is to treat
every other human with kindness.

I

걱정한다고
걱정이 없어지면
걱정할 일이
없겠네

무지가 주인 행세를 하는 곳에는
진정한 평화가 찾아올 가능성이 없다.

Where ignorance is our master,
there is no possibility of real peace.

이 세상에 살아 숨 쉬는 한 문제는 있기 마련이다.
그럴 때 희망을 잃고 좌절하면 문제에 정면으로
맞서는 능력을 잃어버리게 된다. 하지만 자신뿐
아니라 모든 이들이 어려움을 겪는다는 사실을
기억한다면 그와 같은 현실적인 시각이 문제를
극복할 수 있는 투지와 수용 능력을 키워줄 것이다.

As long as we live in this world, we are bound to encounter
problems. If, at such times, we lose hope and become
discouraged, we diminish our ability to face up to what
challenges us. If, on the other hand, we remember that it is not
just ourselves but everyone who has to undergo hardship, this
more realistic perspective will increase our determination and
capacity to overcome what troubles us.

심술궂은 사람들은 언제나 존재한다.
지난 수천 년 간 항상 그랬고 앞으로도 그럴 것이다.

Some mischievous people always there.
Last several thousand years, always there. In future, also.

당신의 마음가짐이 긍정적이라면 위협이 있더라도
당신은 마음의 평화를 잃지 않을 것이다.
반면 당신이 친한 친구들 사이에서나 즐거운
분위기 혹은 편안한 분위기 속에서도 두려움이나
의심, 무력감과 같은 부정적인 마음을 가진다면
당신은 행복할 수 없을 것이다.

If your mental attitude is positive, even when threats abound,
you won't lose your inner peace. On the other hand, if your
mind is negative, marked by fear, suspicion and feelings of
helplessness, even among your best friends, in a pleasant
atmosphere and comfortable surroundings, you won't be happy.

분노는 에너지의 원천이 될 수도 있지만 통제
불가능하다. 분노로 인해 우리는 자제력을 잃는다.
분노는 용기를 불러오기도 하지만 그것 역시
맹목적인 용기에 불과하다. 순간적인 충동에서
비롯된 부정적인 감정들은 이성으로 합리화할 수
없지만 긍정적인 감정들은 합리화할 수 있다.
과학자들은 지속적인 분노와 미움이 우리의 면역
체계를 약화시킨다고 말한다. 정신력을 길러주는
연민은 우리의 건강에 이롭다.

Anger may seem to be a source of energy, but it's blind. It
causes us to lose our restraint. It may stir courage, but again
it's blind courage. Negative emotions, which often arise from
a spontaneous impulse, cannot be justified by reason, whereas
positive emotions can.
Scientists suggest that constant anger and hatred undermine
our immune system. Compassion, bringing inner strength,
is good for our health.

— 6 —

밝게 빛나는 동일한 태양 아래 우리는 저마다
다른 언어와 다른 의상, 다른 종교를 가지고 살고
있다. 하지만 우리 모두는 인간이라는 점에서
동일하다. 또한 모두 유일한 '나'라는 생각을 가지고
있으며 행복하기를 원하고 고통을 피하고자 한다는
점에서 동일하다.

Under the bright sun, many of us are gathered together with
different languages, different styles of dress, even different
faiths. However, all of us are the same in being humans, and
we all uniquely have the thought of 'I' and we're all the same in
wanting happiness and in wanting to avoid suffering.

종교와 영성 사이에는 중요한 차이가 존재한다.
종교는 특정한 신앙을 통해 구원 받는 것을
추구하는 반면, 영성은 사랑, 연민, 인내, 관용,
용서, 만족, 책임감, 화합과 같이 개인에게 행복을
가져다주는 인간의 정신적 가치를 추구한다.

An important distinction can be made between religion and
spirituality. Religion [is] concerned with faith in the claims to
salvation of one faith tradition... Spirituality is concerned with
qualities of the human spirit, love and compassion, patience,
tolerance, forgiveness, contentment, a sense of responsibility,
a sense of harmony, that bring happiness both to self.

— 8 —

연민은 타인을 걱정하는 마음이다.
우리 자신의 경험을 바탕으로 다른 이들의 안녕을
진심으로 걱정하는 것이다.
다른 이들이 우리에게 애정을 보이고 도움을 줄 때
우리가 행복해 하듯이 우리가 타인에게 애정을
가지고 언제든 도움을 주려 한다면 그들 또한
기뻐할 것이다.

Compassion is concern for others—sincere concern for others'
well-being founded on awareness of our own experience.
Since it makes us happy when others show us affection and offer
us help, if we show others affection and readiness to help they
too will feel joy.

단단한 바위가 바람에 흔들리지 않는 것처럼
현자의 마음은 영광이나 모욕을 개의치 않는다.

A great rock is not disturbed by the wind; the mind of a wise
man is not disturbed by either honor or abuse.

무언가를 말해서 강렬한 인상을 남기는 경우가
있는가 하면 어떤 경우에는 침묵을 지킴으로써
더욱 강렬한 인상을 남긴다.

Sometimes one creates a dynamic impression by saying
something, and sometimes one creates as significant an
impression by remaining silent.

살다보면 일이 마음먹은 대로 되지 않는 경우도
있다. 그것은 지극히 정상이다. 그렇지만 티베트에는
이런 속담이 있다. 아홉 번 실패하면 아홉 번 다시
시도하라.

Sometimes things go wrong; that's normal. But we have a saying
in Tibet, 'nine times fail, nine times try again.'

행복은 항상 그것을 추구할 때 오는 것이 아니다.
가장 기대하지 않고 있을 때 오기도 한다.

Happiness doesn't always come from a pursuit.
Sometimes it comes when we least expect it.

우리가 직면하고 있는 많은 문제들은 근본적으로
인간 스스로 만들어낸 것들이다.
지적 능력의 부족으로 발생한 문제들이 아니다.

A lot of problems we are facing, essentially, man made problem.
Own creation. Not due to lack of intelligence.

우리가 분노, 악의, 나쁜 생각과 감정 등을
억제하려고 노력하지 않으면 행복은 우리를 빗겨갈
것이다.

If we do nothing to restrain our angry, spiteful, and malicious
thoughts and emotions, happiness will elude us.

우리 모두는 각자의 방식대로 사람들의 가슴에
연민을 퍼뜨리려고 노력할 수 있다.
오늘날 서양 문명에서는 머리를 지식으로 가득
채우는 것을 매우 중요하게 여기는 반면,
가슴을 연민으로 채우는 것에는 그 누구도 관심을
두지 않는다. 이것이 바로 종교의 진정한 역할이다.

Each of us in our own way can try to spread compassion
into people's hearts.
Western civilizations these days place great importance on
filling the human brain with knowledge, but no one seems to
care about filling the human heart with compassion.
This is what the real role of religion is.

더욱 연민을 느끼고 타인의 행복에 더 많은 관심을
기울이는 것이 행복의 원천이다.

More compassionate mind, more sense of concern for other's
well-being, is source of happiness.

만약 누군가 겸손한 태도를 보인다면 그의 자질은
더욱 성장할 것이다.
반면 누군가 자만한다면 그는 다른 이들의 질투를
사게 될 것이고 그 또한 다른 이들을 경시할 것이다.
이 때문에 집단 전체가 불행해질 것이다.

If one assumes a humble attitude, one's own good qualities
will increase.
Whereas if one is proud, one will become jealous of others,
one will look down on others, and due to that there will be
unhappiness in society.

세상을 구원하고자 한다면 계획이 있어야 한다.
그러나 우리가 명상을 하지 않는 한 어떤 계획도
성공하지 못할 것이다.

If we want to save the world, we must have a plan.
But no plan will work unless we meditate.

실패는 잊어라.
그것을 통해 얻게 된 교훈만 가슴에 새겨라.

Forget the failures. Keep the lessons.

부정적인 생각과 감정은 우리의 평화를 파괴할 뿐만
아니라 우리의 건강도 해친다는 사실을 염두에 두라.

Consider that not only do negative thoughts and emotions
destroy our experience of peace, they also undermine our health.

만약 어떤 문제가 해결 가능하고 당신이 그 문제를
해결하기 위해 뭔가를 할 수 있는 상황이라면,
걱정할 필요가 없다. 그리고 만약 해결이 불가능한
문제라면 그 또한 걱정을 해도 소용이 없다.
따라서 어떤 경우이든 걱정은 무익하다.

If a problem is fixable, if a situation is such that you can do
something about it, then there is no need to worry. If it's not
fixable, then there is no help in worrying.
There is no benefit in worrying whatsoever.

나는 인간은 아무리 어려운 상황에서도 변화하고
자신의 태도를 바꿀 잠재력을 가지고 있다고 믿는다.

I believe each human being has the potential to change,
to transform one's own attitude, no matter how difficult the
situation.

사랑과 연민의 감정을 키우라. 그 둘은 삶에 진정한
의미를 부여한다. 이것이 내가 설파하는 종교다.
이 종교는 간단하다. 이 종교의 사원은 마음이며
가르침은 사랑과 연민이다. 이 종교의 도덕적 가치는
그것이 누가 되었든 타인을 사랑하고 존경하는
것이다. 그가 범인이든 수도승이든 우리는 이 세상에
생존하려면 다른 대안이 없다.

Let us cultivate love and compassion, both of which give life
true meaning. This is the religion I preach.
It is simple. Its temple is the heart. Its teaching is love and
compassion. Its moral values are loving and respecting others,
whoever they may be. Whether one is a lay person or a monastic,
we have no other option if we wish to survive in this world.

행복의 궁극적 원천은 돈과 권력이 아니라
따뜻한 마음씨이다.

The ultimate source of happiness is not money and power,
but warm-heartedness.

마음의 평화가 가장 중요한 요소다.
마음이 평화롭다면 외부적 문제들은 깊은 평화와
평온감에 영향을 미치지 못한다. 마음의 평화가
없다면 삶이 아무리 물질적으로 안락하다 해도
당신은 주변 상황들 때문에 여전히 걱정에
빠질 것이고 동요하고 불행해할 것이다.

Inner peace is the key:
if you have inner peace, the external problems do not affect your
deep sense of peace and tranquility… without this inner peace,
no matter how comfortable your life is materially, you may still
be worried, disturbed, or unhappy because of circumstances.

문제를 불러오는 특정한 마음의 상태가 있으며
그것은 고칠 수 있다. 우리는 그렇게 하기 위해
노력을 기울여야 한다.
그와 마찬가지로 평화와 행복을 가져다주는 특정한
마음의 상태가 있으며 우리는 그것을 개발하고
강화해야 한다.

There are certain states of mind that bring us problems, and they
can be removed; we need to make an effort in that direction.
Likewise, there are certain states of mind that bring us peace and
happiness, and we need to cultivate and enhance them.

바람직한 인간이사 따뜻한 마음을 가진 애정 어린
사람이 되는 것. 이것이 나의 기본적인 믿음이다.
배려와 연민은 스스로에게 행복감을 안겨줌과
동시에 자연스럽게 긍정적인 분위기를 형성해준다.

Be a good human being, a warm-hearted affectionate person.
That is my fundamental belief.
Having a sense of caring, a feeling of compassion will bring
happiness of peace of mind to oneself and automatically
create a positive atmosphere.

우리는 지나치게 예민하게 굴고 작은 일에 과민하게
반응하며, 가끔은 모든 것을 너무 개인적인 지적으로
받아들여 아픔과 고통을 가중시킨다.

We often add to our pain and suffering by being overly sensitive,
over-reacting to minor things, and sometimes taking things too
personally.

우리는 스스로 평안함을 만들어내지 않는 한
외부 세계에서 평안을 얻을 수 없다.

We can never obtain peace in the outer world until we make
peace with ourselves.

우리는 종교와 명상이 없이 살 수 있다.
그러나 인간에 대한 애정 없이는 생존할 수 없다.

We can live without religion and meditation, but we cannot
survive without human affection.

올바른 태도를 기른다면 당신의 적은 가장 훌륭한
영적 스승이 될 수 있다. 그들이 있음으로 해서
당신은 관용과 인내심, 그리고 이해심을 개발하고
함양할 수 있는 기회를 얻을 수 있기 때문이다.

If you can cultivate the right attitude, your enemies are your
best spiritual teachers because their presence provides you with
the opportunity to enhance and develop tolerance, patience and
understanding.

극심한 고통을 겪고 있는 이들을 상대하면서 당신이
녹초가 되고 사기가 저하되고 진이 빠졌다고
느껴진다면 잠시 물러나 회복의 시간을 가지는 것이
모두를 위해 가장 바람직한 일이다.
중요한 것은 장기적 관점을 가지는 것이다.

In dealing with those who are undergoing great suffering, if you
feel burnout setting in, if you feel demoralized and exhausted,
it is best, for the sake of everyone, to withdraw and restore
yourself. The point is to have a long-term perspective.

마음은 낙하산과 비슷하다. 활짝 펼쳤을 때
가장 잘 작동한다는 점에서 그렇다.

The mind is like a parachute.
It works best when it's open.

Ⅱ

내일이
먼저 올지
다음 생이
먼저 올지
아무도 모른다

어떤 통증이나 고통이 두렵다면 당신이 그것을
줄이거나 없애기 위해 할 수 있는 일이 있는지
살펴보라.
할 수 있는 일이 있다면 걱정할 필요가
없으며, 할 수 있는 일이 없다면 그 또한 걱정하는
것이 무용하다.

If you have fear of some pain or suffering, you should examine
whether there is anything you can do about it.
If you can, there is no need to worry about it; if you cannot do
anything, then there is also no need to worry.

우리 마음과 감정이 어떤 방식으로 작동하는지
아는 것은 중요하다. 분노를 야기하는 원인과 조건은
두려움이다. 일단 분노가 폭발하면 증오가
생겨나므로 그것을 일찌감치 통제해야 한다. 분노는
갑작스럽게 발생하는 경향이 있지만 훈련을 통해
연민의 감정을 개발할 수 있다. 분노는 에너지를
불러올 수 있겠지만 문제는 그것이 맹목적이라는
것이다. 건강을 지키기 위해 신체적 청결에 신경
쓰는 것처럼 감정적 청결에도 신경을 쓸 필요가
있다.

It's important to understand how our mind and emotions work.
A cause and condition of anger is fear. Once it has erupted anger
can lead to hatred, so we have to tackle it early. Anger tends to
arise spontaneously, but we can develop compassion through
training. Anger might bring energy, but the problem is that it's
blind. We observe physical hygiene to maintain our health,
what we also need is emotional hygiene.

이 일이 당신에게 일어난 이유를 따지기보다는
왜 이 일이 다른 이가 아닌 '당신'에게 일어났는지를
생각하라.

Instead of wondering WHY this is happening to you, consider
why this is happening to YOU.

평화를 경험하기를 희망한다면 타인에게 평화를
제공하라. 당신이 안전하다는 것을 확인하고 싶다면
타인이 그들이 안전하다고 인식하게 하라.
겉으로 보기에 이해하기 힘든 것들을 이해하기를
원한다면 타인이 잘 이해하도록 도우라.
자신의 슬픔과 분노를 치유하고자 한다면
타인의 슬픔과 분노를 치유해주라.

If you wish to experience peace, provide peace for another.
If you wish to know that you are safe, cause another to
know that they are safe.
If you wish to better understand seemingly incomprehensible
things, help another to better understand.
If you wish to heal your own sadness or anger, seek to heal the
sadness or anger of another.

친절한 마음이나 모든 인간에 대해 친밀감을
발현하는 것은 우리가 보통 연상하듯이 종교성과
연관되지 않는다. 그것은 인종, 종교, 정치적 성향과
상관없이 모두에게 보편적으로 해당되는 사항이다.

The development of a kind heart, or feeling of closeness for all
human beings, does not involve any of the kind of religiosity
we normally associate with it ... It is for everyone, irrespective of
race, religion or any political affiliation.

_ 6 _

돈이나 권력으로 모든 문제를 해결할 수는 없다.
인간 마음속의 문제를 우선적으로 해결해야 한다.

Through money or power you cannot solve all problems.
The problem in the human heart must be solved first.

숨을 들이마시며 스스로를 생각하고
숨을 내쉴 때 모든 인간들을 생각하라.

As you breathe in, cherish yourself.
As you breathe out, cherish all Beings.

티베트에는 다음과 같은 속담이 있다. '비참한
부자의 집 문간에서 거지가 만족스럽게 잠을 잔다.'
이 속담이 말하고자 하는 바는 가난이 미덕이라는
것이 아니다. 행복은 부와 함께 오는 것이 아니라
자신의 욕망을 제한하고 그 한계 내에서 만족하며
사는 삶에서 온다고 말하고 있는 것이다.

There is a saying in Tibetan that at the door of the miserable rich
man sleeps the contented beggar. The point of this saying is not
that poverty is a virtue, but that happiness does not come with
wealth, but from setting limits to one's desires, and living within
those limits with satisfaction.

타인을 걱정할 때 우리는 우리 자신에 대해서는
걱정을 덜 하게 된다. 우리가 자신에 대해 걱정을
덜 할 때는 우리 자신의 고통이 덜 고통스럽게
느껴진다. 이 사실에서 무엇을 알 수 있을까?
첫째, 우리의 모든 행동은 보편적인 차원을 가지고
있으므로, 잠재적으로 다른 이들의 행복에 영향을
미칠 수 있는 도덕성은 우리가 타인에게 해를 끼치지
않도록 하기 위한 방법으로 필요하다.
두 번째는 진정한 행복은 사랑, 연민, 인내, 관용,
용서 등과 같은 정신적 자질에서 나온다는 것을
말해준다. 그와 같은 정신적 자질들은 우리와 타인
모두를 행복하게 만들어주기 때문이다.

In our concern for others, we worry less about ourselves.
When we worry less about ourselves an experience of our own
suffering is less intense. What does this tell us?
Firstly, because our every action has a universal dimension,
a potential impact on others' happiness, ethics are necessary as a
means to ensure that we do not harm others.
Secondly, it tells us that genuine happiness consists in those
spiritual qualities of love, compassion, patience, tolerance and
forgiveness and so on. For it is these which provide both for our
happiness and others' happiness.

관용을 실천할 때, 적은 가장 훌륭한 스승이다.

In the practice of tolerance, one's enemy is the best teacher.

사람은 돈을 벌기 위해 건강을 희생한다. 그리고
잃어버린 건강을 회복하기 위해 돈을 희생한다.
그러고는 미래를 너무 걱정하느라 현재를 즐기지
못한다. 결과적으로 그는 현재에도 미래에도 살고
있지 않은 것이다. 그는 절대로 죽는 날이 오지 않을
것처럼 살다가 결국 진정으로 살아본 적이 없이
죽는다.

Man sacrifices his health in order to make money. Then he
sacrifices money to recuperate his health. And then he is so
anxious about the future that he does not enjoy the present.
the result being that he does not live in the present or the future;
he lives as if he is never going to die, and then dies having
never really lived.

연민이라는 주제는 종교적 과업이 아니다. 그것이
인간의 과업이라는 사실을 아는 것이 중요하다.
연민은 인간 생존의 문제이다.

The topic of compassion is not at all religious business;
it is important to know it is human business,
it is a question of human survival.

숟가락은 그것이 담고 있는 음식의 맛을 알지
못한다. 그와 마찬가지로 어리석은 이는 자신이
성인과 사귀고 있을지라도 현자의 지혜를
깨닫지 못한다.

A spoon cannot taste of the food it carries.
Likewise, a foolish man cannot understand the wise man's
wisdom even if he associates with a sage.

인간은 모두 어려움과 고통이 없는 행복한 삶을
원한다. 우리는 우리가 마주하는 문제들 중 많은
부분을 스스로 만들어낸다. 문제를 의도적으로
만드는 사람은 없지만 우리는 세상사에 대한
그릇된 인식을 기반으로 한 분노, 미움, 집착과 같은
강력한 감정의 노예가 되기 쉽다. 우리는 그러한
감정들의 기저에 놓여 있는 무지를 제거하고 반대
감정을 이용하여 그러한 감정들을 줄일 수 있는
방법을 찾아야 한다.

Everyone wants a happy life without difficulties or suffering.
We create many of the problems we face. No one intentionally
creates problems, but we tend to be slaves to powerful emotions
like anger, hatred and attachment that are based on misconceived
projections about people and things. We need to find ways
of reducing these emotions by eliminating the ignorance that
underlies them and applying opposing forces.

타인을 돕는 일은 기도를 통해서보다는
일상생활 속에서 할 필요가 있다.

It is necessary to help others not in our prayers
but in our daily lives.

분노는 분노로 극복할 수 없다. 누군가가 당신에게
화를 내면 당신 또한 상대에게 화를 내게 되어
상황은 더욱 악화된다. 반대로 당신이 분노를
통제하고 그와 반대되는 감정인 사랑, 연민, 관용,
인내를 보여주면 스스로 평온을 유지할 수 있을 뿐만
아니라 상대의 분노 또한 사그라들 것이다.

Anger cannot be overcome by anger. If someone is angry with
you, and you show anger in return, the result is a disaster.
On the other hand, if you control your anger and show its
opposite - love, compassion, tolerance and patience - not only
will you remain peaceful, but the other person's anger
will also diminish.

대부분의 문제는 우리가 영구적인 개체라고
착각하는 것들에 대한 열정적 욕망과 애착에서
비롯된다.

Most of our troubles are due to our passionate desire for and
attachment to things that we misapprehend as enduring entities.

절대로 포기하지 마라. 어떤 일이 벌어지건 주변
상황이 어떻게 돌아가건 절대로 포기하지 마라.

Never give up. No matter what is happening,
no matter what is going on around you, never give up.

어떤 층위에 있는지에 따라 진실이 달라지는 것은
당연하다. 모든 것들은 다른 것들과의 상관관계
속에서 진실임이 밝혀진다. '긴 것'과 '짧은 것'은
서로 상관이 있고 '높은 것'과 '낮은 것' 또한
마찬가지다. 하지만 어디 절대적 진실이라는 것이
존재하는가? 그 자체로서 자족적이고 독립적인
진실이 존재하는가? 나는 그런 진실은 존재하지
않는다고 생각한다.

Of course, there are different truths on different levels.
Things are true relative to other things; long and short relate to
each other, high and low, and so on. But is there any absolute
truth? Something self-sufficient, independently true in itself?
I don't think so.

일 년에 한 번은 전에 가본 적이 없는 곳에 가고 전에
만나본 적이 없는 사람들과 어울려라. 그것이 삶에
대해 감사하는 마음을 키우는 가장 좋은 방법이다.

Once a year, go somewhere you've never been before, hang with
people who you've never met before. It's the best way to build
appreciation in life.

늙음은 젊음을 갉아먹고, 질병은 건강을 갉아먹고,
삶의 퇴보는 모든 훌륭한 자질들을 갉아먹으며
죽음은 삶을 갉아먹는다. 당신이 아무리 훌륭한
달리기 주자라 해도 죽음으로부터 도망칠 수는 없다.
당신이 가진 부로 죽음을 막을 수 없으며 마술이나
주문 혹은 약으로 죽음을 막을 수도 없다. 따라서
죽음을 맞이할 준비를 하는 것이 현명하다.

Ageing destroys youth, sickness destroys health, degeneration
of life destroys all excellent qualities and death destroys life.
Even if you are a great runner, you cannot run away from
death. you cannot stop death with your wealth, through your
magic performances or recitation of mantras or even medicines.
Therefore, it is wise to prepare for your death.

모든 현상은 겉으로 보기에 나름의 존재 이유를 가지고 있는 것처럼 보이므로 우리가 일반적으로 지각하는 것은 모두 착각이라 할 수 있다. 완전히 명상에 몰입한 상태에 도달해서야 비로소 허상이 사라진다.

Because all phenomena appear to exist in their own right, all of our ordinary perceptions are mistaken. Only when emptiness is directly realized during completely focused meditation is there no false appearance.

지속적이고 안정적인 행복을 얻으려면 우리가
원하는 것을 손에 쥐려고 하기보다는 이미
가지고 있는 것을 원하는 마음을 길러야 한다.

We need to learn how to want what we have NOT to have
what we want in order to get steady and stable Happiness.

부처님은 삭기 다른 환경에 놓여 있는 사람들에게
다른 가르침을 설파하셨다. 어떤 이들은 창조주에
관한 믿음을 가지고 있으며, 또 어떤 이들은
창조주가 없다고 생각한다.
불교에서 유일하게 확실하다고 여기는 진리는
절대로 어떤 한 가지 진리를 절대적인 진리로
여겨서는 안 된다는 것이다.

Buddha himself taught different teachings to different
people under different circumstances. For some people,
there are beliefs based on a Creator. For others, no Creator.
The only definitive truth for Buddhism is the absolute
negation of any one truth as the Definitive Truth.

가슴속에 도사리는 증오심은 폭력의 근원이며,
그것의 해독제는 관용이다.

The antidote to hatred in the heart, the source of violence,
is tolerance.

친절을 베푸는 것이 가능할 때마다 친절하라.
그리고 그것은 언제나 가능하다.

Be kind whenever possible.
It is always possible.

분노와 공격성은 특정한 상황에 영향력을 행사할 수
있는 에너지를 가져다준다는 점에서 때로 자신을
보호해주는 것처럼 느껴질 수도 있다. 하지만
그러한 에너지는 통제가 어렵다는 사실을 알아야
한다. 상황을 여러 가지 각도와 관점에서 숙고하기
위해서는 평정심이 필요하다.

Anger and aggression sometimes seem to be protective because
they bring energy to bear on a particular situation, but what
needs to be acknowledged is that that energy is blind. It takes
a calm mind to be able to consider things from different angles
and points of view.

어떤 경우에는 지식이나 전체론적 관점이 부족해서
문제가 될 수도 있다. 하지만 기본적으로는 도덕적
원칙이 부재할 때 가장 큰 문제가 된다. 그래서
당신이 타인의 행복에 대해 진심 어린 관심을 가지고
있는 한 그것이 도덕적 원칙의 기반이 되므로 문제가
될 일은 없다.

In some cases, lack of full knowledge or holistic view,
that is also part of the problem. But mainly lack of moral
principle. So long you have this genuine sort of concern,
well being of other. That's the foundation of moral principle.

두려워하지 않을수록 행동은 더 자유로워진다.

The more Fearless & Free your action will be.

사람들은 자신이 먼저 관계의 가능성을 열기보다는
다른 사람이 먼저 긍정적으로 반응해주기를
기대한다. 하지만 그건 잘못된 자세다. 그런 태도는
오히려 다른 이들로부터 고립감을 자초하는 장벽이
될 수 있다. 고립감과 외로움을 극복하기 위해서는
당신의 무의식적 태도를 바꾸는 것이 큰 영향을
미친다. 타인에게 접근할 때는 마음속에 연민을 품고
다가가는 것이 가장 좋은 방법이다.

People often expect the other person to respond first in a positive
way, instead of taking the initiative to create that possibility.
I feel that's wrong; it can act as a barrier that just promotes a
feeling of isolation from others. To overcome feelings of isolation
and loneliness, your underlying attitude makes a tremendous
difference - approaching others with the thought of compassion
in your mind is the best way.

삶이 단순하면 만족감이 찾아온다.
단순한 삶은 행복에 있어 아주 중요하다. 욕구를
줄이고 현재 가지고 있는 것, 충분한 음식과 옷,
당신을 보호해줄 집이 있는 것에 만족하는 자세는
반드시 필요하다.

If one's life is simple, contentment has to come.
Simplicity is extremely important for happiness. Having few
desires, feeling satisfied with what you have, is very vital:
satisfaction with just enough food, clothing, and shelter to
protect yourself from the elements.

열심히 훈련한다면 모든 지각이 있는 존재를
친구로 여기는 것이 가능해진다.

Through practice it is possible to perceive every sentient
being as a friend.

일 년 중 아무것도 할 수 없는 날은 단 이틀뿐이다.
하루는 '어제'이고 또 다른 하루는 '내일'이다.
'오늘'은 사랑하고 믿고 행동하고 살아가기에
최적의 날이다.

There are only two days in the year that nothing can be done.
One is called Yesterday and the other is called Tomorrow.
Today is the right day to Love, Believe, Do and mostly Live.

가로수, 캔버스에 유채, 30×40cm, 1978

타인에게 접근할 때는 마음속에 연민을 품고
다가가는 것이 가장 좋은 방법이다.

Approaching others with the thought of compassion
in your mind is the best way.

Ⅲ

높은 산을
다 먹어도
배가
부르지 않고,
바닷물을 다
마셔도 여전히
부족하다

— 1 —

질투, 분노, 미움, 두려움과 같이 우리에게 고통을
주는 감정들도 언젠가 끝나기 마련이다. 이러한
감정들이 일시적인 것일 뿐임을 깨달을 때
그 감정들은 어김없이 구름이 걷히듯 지나가며
그것들 역시 벗어날 수 있는 감정들이라는 사실도
깨닫게 된다.

Afflictive emotions - our jealousy, anger, hatred, fear - can be
put to an end. When you realize that these emotions are only
temporary, that they always pass on like clouds in the sky, you
also realize they can ultimately be abandoned.

— 2 —

연민의 감정을 가지는 것만으로는 충분치 않으며
행동해야만 한다.

It is not enough to be compassionate, we must act.

열기가 냉기를 물리치고 자애심이 분노를
누그러뜨리듯이 우리는 다양한 감정들에 대응하는
법을 배워야 한다.
신경 끄기는 일시적인 방책일 뿐이다. 더 오래
지속되는 치료법은 부정적으로 보이는 사물이나
사람의 좋은 점을 찾으려고 노력하는 것이다.
파괴적인 감정들은 대부분 정당화될 수 없으므로
무엇 때문에 그 감정이 일어났는지와 그 감정을
해소하는 방법을 알아두어야 한다.

Just as heat dispels cold, loving-kindness counters anger.
We need to learn how to counter our various emotions.
Distraction is just a temporary measure. The longer lasting
remedy is to be able to see positive qualities in something or
someone you otherwise see as negative. Since there is rarely any
justification for destructive emotions, we need to become aware
of what gives rise to them and what the antidotes are.

티베트에는 '비극은 힘의 원천으로 활용해야 한다'는
속담이 있다. 어떤 어려움이 있더라도 그리고
그것이 아주 고통스러운 경험이라 할지라도 희망을
잃는다면 그것이야말로 진짜 어려움이다.

There is a saying in Tibetan, 'Tragedy should be utilized as a
source of strength.' No matter what sort of difficulties, how
painful experience is, if we lose our hope, that's our real disaster.

오랜 친구들은 지나가고 새로운 친구들이 나타난다.
이것은 새날을 맞이하는 것과도 같다.
오늘이 지나면 새날이 찾아온다. 중요한 것은
그것을 의미 있게 만드는 것이다. 의미 있는 친구
또는 의미 있는 날로 만드는 것이다.

Old friends pass away, new friends appear. It is just like the days.
An old day passes, a new day arrives. The important thing is to
make it meaningful: a meaningful friend – or a meaningful day.

― 6 ―

가능한 한 올바른 태도와 좋은 마음씨를 기르는 것은
매우 중요하다. 자신과 타인의 단기적 행복과 장기적
행복 모두가 그것에서 기인한다.

It is very important to generate a good attitude, a good heart,
as much as possible. From this, happiness in both the short term
and the long term for both yourself and others will come.

영적 수행의 정수는 타인을 대하는 태도이다. 당신이
순수하고 진실한 동기를 가지고 있다면, 타인에
대해 친절과 연민, 사랑, 존경을 기반으로 한 올바른
태도를 지니고 있는 것이라 볼 수 있다.

I feel that the essence of spiritual practice is your attitude
toward others. When you have a pure, sincere motivation,
then you have right attitude toward others based on kindness,
compassion, love and respect.

고통은 당신을 변화시키기도 하지만
그것이 반드시 나쁜 변화인 것은 아니다.
그 고통을 지혜로 승화시켜라.

Pain can change you, but that doesn't mean it has to be a bad
change. Take that pain and turn it into wisdom.

우리는 이 지구상에 말하자면 여행자로 와 있다.
누구도 이곳에서 영원히 살지 못한다. 최대한 오래
산다고 해도 100년이다. 그래서 우리는 이곳에
사는 동안 올바른 마음가짐으로 삶에 긍정적이고
유용한 영향을 주려고 노력해야 한다. 몇 년을
살든 한 세기를 살든 상관없이 그 시간을 인간과
동물, 환경에 피해를 입히는 문제를 악화시키는 데
허비한다면 아주 후회스럽고 슬픈 일이 될 것이다.
가장 중요한 것은 좋은 인간으로 사는 것이다.

We are all here on this planet, as it were, as tourists.
None of us can live here forever. The longest we might live is
a hundred years. So while we are here we should try to have a
good heart and to make something positive and useful of our
lives. Whether we live just a few years or a whole century,
it would be truly regrettable and sad if we were to spend that
time aggravating the problems that afflict other people, animals,
and the environment. The most important things is to be
a good human being.

부정적인 생각과 파괴적인 감정을 극복하는 법은
그와 반대되는 더 강력하고 영향력 있는 긍정적인
감정을 키우는 것이다.

The way to overcome negative thoughts and destructive
emotions is to develop opposing, positive emotions that are
stronger and more powerful.

어떤 때는 당신이 원하는 것을 얻지 못하는 편이
대단한 행운일 수 있음을 기억하라.

Remember that sometimes not getting what you want is a
wonderful stroke of luck.

자기만족을 했는지의 여부로는 욕망이나 행동이
긍정적인 것인지 부정적인 것인지 단정지을 수
없다. 긍정적인 욕망과 부정적인 욕망 또는 행동을
구분 짓는 것은 즉각적인 만족감을 주는지의 여부가
아니라 궁극적으로 긍정적 혹은 부정적 결과를
가져오는지의 여부이다.

Self satisfaction alone cannot determine if a desire or action is
positive or negative. The demarcation between a positive and a
negative desire or action is not whether it gives you a immediate
feeling of satisfaction, but whether it ultimately results in
positive or negative consequences.

사랑이 있다면 진정한 가속과 형제,
진정한 평정과 평화를 가질 수 있는 희망이 있다.
마음속의 사랑을 잃어버리고 다른 이들을 적으로
본다면 아무리 많은 교육을 받고 많은 지식과
물질적 안락함을 가졌다 해도 고통과 혼란만
따르게 될 것이다.

If there is love, there is hope that one may have real families,
real brotherhood, real equanimity, real peace.
If the love within your mind is lost and you see other beings as
enemies, then no matter how much knowledge or education or
material comfort you have, only suffering and confusion will
ensue.

— 14 —

만약 모든 여덟 살짜리 아이에게 명상을 가르친다면,
그 아이들의 세대가 끝나기 전에 이 세상에서
폭력을 뿌리 뽑을 수 있게 될 것이다.

If every 8 year old in the world is taught meditation,
we will eliminate violence from the world within one generation.

행복하거나 불행하다고 느끼는 감정은 우리가
놓여있는 절대적인 상태에 달려 있다기보다는
상황을 어떻게 인식하는지와 자신이 가진 것에
만족하는 능력에 달려 있다.

The feeling of being happy or unhappy rarely depends on our
absolute state, but on our perception of the situation, on our
capacity to be satisfied with what we have.

어려운 시기는 정신력과 투지를 길러준다.
정신력과 투지가 생기면 화를 내는 것이 소용이
없다는 사실도 인식하게 된다. 화를 내는 대신 힘든
상황이 가져다주는 역경을 관용과 인내를 훈련할 수
있는 소중한 기회로 삼아 문제를 제공한 이들에 대해
깊은 관심과 존중심을 기르도록 노력하라.

Hard times build determination and inner strength.
Through them we can also come to appreciate the uselessness of
anger. Instead of getting angry nurture a deep caring and respect
for troublemakers because by creating such trying circumstances
they provide us with invaluable opportunities to practice
tolerance and patience.

단련된 정신은 당신을 행복의 길로 이끌어주며
단련되지 못한 정신은 고통의 길로 이끈다.

A disciplined mind leads to happiness, and an undisciplined
mind leads to suffering.

어려운 상황을 항상 피해갈 수 있는 것은 아니지만
그 상황에 어떻게 반응할지를 선택함으로써
고통의 정도는 바꿀 수 있다.

Although you may not always be able to avoid difficult
situations, you can modify the extent to which you can suffer by
how you choose to respond to the situation.

딩신이 다른 이들을 행복하게 해준다면 당신도
행복해질 것이다. 그리고 당신이 다른 이들을
불행하게 만든다면 당신도 비참해질 것이다.

If you make others happy, you'll be happy.
If you make others unhappy, you'll be miserable.

우리는 셀 수 없이 여러 번 태어난다. 그래서 각각의 인간은 언젠가 한 번 이상은 우리의 부모였던 적이 있을 것이다. 따라서 이 우주의 모든 인간들은 서로 친숙한 연관성을 가지고 있다.

We are born and reborn countless number of times, and it is possible that each being has been our parent at one time or another. Therefore, it is likely that all beings in this universe have familial connections.

오늘날 우리는 도덕적 위기와 심적 불안에 직면해
있다. 이럴 때 유용한 해결책은 따뜻한 마음과 함께
우리의 지성과 뛰어난 두뇌를 활용하는 것이다.
우리는 교육에 내면적 가치에 대한 교육도 포함시켜
우리의 감정에 대한 해결책을 찾는 방법을 배워야
한다.

Today, as we face something of a moral crisis and a widespread
mental restlessness, a useful remedy is to use our intelligence, our
marvelous brain, in conjunction with simple warm-heartedness.
We need to incorporate a sense of inner values in our education
and learn how to tackle our emotions.

우리는 전 지구적 빈부격차와 한 국가 내에서의
빈부격차 두 가지 문제 모두 해결해야 한다. 특정
집단은 풍족함을 누리는 반면 똑같은 지구상 어느
한켠에서는 굶주림에 시달리다 죽음에까지 이르는
불평등은 도덕적으로만 잘못된 것이 아니라 모든
문제의 실질적 근원이 된다.

We need to address the issue of the gap between the rich and
poor, both globally and nationally. This inequality, with some
sections of the human community having abundance and others
on the same planet going hungry or even dying of starvation,
is not only morally wrong, but practically also a source of
problems.

— 23 —

당신이 가장 편안하고 존중 받는다고
느끼는 곳이 바로 집이다.

Home is where you feel at home and are treated well.

평정심은 정신력과 자신감을 키워준다. 그러므로
평정심을 유지하는 것은 건강에도 매우 중요하다.

Calm mind brings inner strength and self-confidence,
so that's very important for good health.

중요한 것은 우리가 어떻게 하면 의미 있는 일상을
살 수 있는지, 어떻게 하면 우리 마음에 평화와
화합을 가져올 수 있는지, 어떻게 하면 사회에
기여하도록 서로 도울 수 있는지 아는 것이다.

What is important is to see how we can best lead a meaningful
everyday life, how we can bring about peace and harmony in
our minds, how we can help contribute to society.

평온한 마음을 유지한다면 그 사람의 태도와
세상을 바라보는 시각은 커다란 동요에도
침착하고 평온할 것이다.

If an individual has a calm state of mind, that person's
attitudes and views will be calm and tranquil even
in the presence of great agitation.

누군가 어떤 경지의 마음의 평화에 당장 도달할
수 있다고 말하면 나는 그 말을 믿지 않을 것이다.
그것은 마치 의사에게 마음에 평화를 가져다주는
주사를 놓아 달라고 청하는 것이나 마찬가지다.
그러면 의사는 웃어넘기고 말 것이다.

When I am told that it is possible to reach a certain peace of
mind in no time at all, I become skeptical. It would be like
asking your physician for an injection of peace of mind.
I think the doctor would burst out laughing.

우리가 관용, 인내, 연민과 같은 자질을 개발하는 데
필요한 도전을 제공해주는 사람이 바로
우리의 적이다.

It is our enemies who provide us with the challenge
we need to develop the qualities of tolerance, patience and
compassion.

최고의 권위는 항상 개인의 이성적 판단과 비판적
분석에 부여되어야 한다.

The ultimate authority must always rest with the individual's
own reason and critical analysis.

죽음은 옷을 갈아입는 것을 의미한다.
옷은 오래되면 갈아입어야 할 시기가 온다.
따라서 한 육신이 나이가 들어 때가 되면 어린
육신으로 옮아가게 되는 것이다.

Death means change our clothes. Clothes become old,
then time to come change. So this body become old,
and then time come, take young body.

시장에서 닭들이 몸을 움직이거나 날개를 펼칠
틈도 없이 작은 닭장에 하나 가득 채워져 있거나
물고기들이 서서히 죽어가는 광경을 볼 때마다 나는
그들에게 마음이 쓰인다. 인간은 삶을 사랑하고
죽음을 두려워하는 지각 있는 존재로서 동물들을
다른 시각으로 바라봐야 한다. 나는 가능한 모든
이들에게 연민을 기반으로 한 채식주의 식단을
권한다.

Whenever I visit a market and see the chickens crowded together
in tiny cages that give them no room to move around and spread
their wings and the fish slowly drowning in the air, my heart
goes out to them. People have to learn to think about animals in
a different way, as sentient beings who love life and fear death. I
urge everyone who can to adopt a compassionate vegetarian diet.

짧은 시간 동안 사랑에 관해 묵상하는 것이
무한한 존재인 부처님께 무한히 공양하는 것보다
훨씬 더 많은 덕을 쌓는 일이다.

It is said that meditation on love even for a moment far exceeds
the merits accumulated through making infinite offerings to
infinite Buddhas.

안락함과 평화의 궁극적 원천은 우리 마음속에 있다.

The ultimate source of comfort and peace is within ourselves.

IV   무의미한
말은 바람을
일으키지 못하는
풀무와 같다

나는 모든 고통이 무지에서 비롯된다고 믿는다.
사람들은 행복이나 만족감을 이기적으로 추구하는
과정에서 타인에게 고통을 준다. 그러나 진정한
행복은 내면의 평화와 만족감에서 나온다. 따라서
행복은 이타심과 사랑, 연민을 개발하고 무지,
이기심, 욕심을 제거함으로써 성취할 수 있다.

I believe all suffering is caused by ignorance. People inflict pain
on others in the selfish pursuit of their happiness or satisfaction.
Yet true happiness comes from a sense of inner peace and
contentment, which in turn must be achieved through the
cultivation of altruism, of love and compassion and elimination
of ignorance, selfishness and greed.

— 2 —

스스로를 사랑하지 않는다면 다른 사람도 사랑할
수 없다. 타인을 사랑하지 못하게 될 것이다.
스스로에게 연민을 느끼지 못한다면 타인에 대한
연민도 느낄 수 없다.

If you don't love yourself, you cannot love others.
You will not be able to love others. If you have no compassion
for yourself then you are not able of developing compassion
for others.

분노는 마음의 평화를 깨뜨리는 파괴자이다.

Anger is the ultimate destroyer of your own peace of mind.

친절하고 정직하고 긍정적인 생각을 할 것, 우리에게
피해를 입힌 이들을 용서하고 모든 이들을 친구로
대할 것, 고통 받는 이들을 돕고 스스로를 다른
이들보다 우월하다고 여기지 말 것. 이 지침들이
간단해 보일지 몰라도 한 번 실천하도록 노력해보고
더 행복해질 수 있는지 확인해보라.

To be kind, honest and have positive thoughts; to forgive those
who harm us and treat everyone as a friend; to help those who
are suffering and never to consider ourselves superior to anyone
else: even if this advice seems rather simplistic, make the effort of
seeing whether by following it you can find greater happiness.

우리는 너 많은 돈이 필요하지 않다. 더 이상의
성공과 명예도 필요하지 않다. 완벽한 육체와 완벽한
배우자가 필요한 것도 아니다. 우리는 바로 지금 이
순간 완벽한 행복을 성취하는 데 필요한 기본 도구인
'마음'을 가지고 있지 않은가?

We don't need more money, we don't need greater success or
fame, we don't need the perfect body or even the perfect mate.
Right now, at this very moment, we have a mind, which is all
the basic equipment we need to achieve complete happiness.

— 6 —

우리가 의식하든 의식하지 않든 우리의 경험의
근간을 이루는 한 가지 커다란 질문은 이것이다.
삶의 목적은 무엇인가? 태어나면서부터 인간은
행복을 원하고 고통을 원치 않는다. 사회적 지위나
교육 수준, 사상과 상관없이 모든 인간이 그렇다.
마음속 깊숙이 우리는 만족감을 갈구한다. 그러므로
무엇이 가장 큰 행복을 가져다주는지 알아내는 것이
중요하다.

One great question underlies our experience, whether we think
about it or not: what is the purpose of life? … From the moment
of birth every human being wants happiness and does not want
suffering. Neither social conditioning nor education nor ideology
affects this. From the very core of our being, we simply desire
contentment … Therefore, it is important to discover what will
bring about the greatest degree of happiness.

장수, 건강, 성공, 행복 등과 같이 우리가
바람직하다고 여기는 인간사의 다양한 특성과
측면들은 모두 친절함과 따뜻한 마음에 달려 있다.

The various features and aspects of human life, such as longevity,
good health, success, happiness, and so forth, which we consider
desirable, are all dependent on kindness and a good heart.

_ 8 _

빈곤으로 고통 받는 지역에서는 빈곤이 사회적
불화와 질병, 고통, 무력 충돌의 주된 요인으로
작용한다. 인류가 현재의 행로를 고집한다면 상황은
회복 불가능해질 것이다. 끊임없이 가속화되는
빈부격차는 모두에게 고통을 준다.

Wherever it occurs, poverty is a significant contributor to social
disharmony, ill health, suffering and armed conflict.
If we continue along our present path, the situation could
become irreparable. This constantly increasing gap between the
haves and halve not's, creates suffering for everyone.

나는 더욱 친근하고 더욱 관심 어리고 더욱 이해심
많은 이 지구상의 인간들을 위해 기도한다. 고통을
싫어하고 지속적인 행복을 간직하고자 하는 모든
이들에게 이 기도는 나의 진심어린 호소이다.

I pray for a more friendly, more caring, and more understanding
human family on this planet. To all who dislike suffering, who
cherish lasting happiness, this is my heartfelt appeal.

— 10 —

세계 평화는 마음의 평화에서 시작되어야 한다.
평화는 단지 폭력이 부재한 것을 말하는 것이
아니다. 나는 평화야 말로 인간에 대한 연민을
단적으로 드러내 주는 것이라고 생각한다.

World peace must develop from inner peace.
Peace is not just mere absence of violence.
Peace is, I think, the manifestation of human compassion.

우주 생명의 규모를 생각해보면, 한 인간의 삶은 아주 작은 점에 불과하다. 우리 각자는 이 지구의 방문객이며 일정 기간 동안만 머무를 손님이다. 이 짧은 시간을 홀로 혹은 불행하게 보내거나 동반자와 갈등을 겪으며 보내는 것만큼 어리석은 일이 어디 있겠는가? 여기서 우리에게 주어진 짧은 시간을 타인과 연대감을 느끼고 그들에게 도움을 줌으로써 충만하게 의미 있는 삶을 사는 편이 훨씬 더 바람직하다.

Given the scale of life in the cosmos, one human life is no more than a tiny blip. Each one of us is a just visitor to this planet, a guest, who will only stay for a limited time. What greater folly could there be than to spend this short time alone, unhappy or in conflict with our companions? Far better, surely, to use our short time here in living a meaningful life, enriched by our sense of connection with others and being of service to them.

마음을 훈련하는 것은 예술이다.

그것을 예술이라 할 수 있다면 인간의 삶 또한

예술이다.

The training of the mind is an art.
If this can be considered art, one's life is art.

진정한 행복의 열쇠는 우리 손 안에 있다. 이와 같은
마음가짐은 친절, 형제애, 이타성의 본질적 가치를
발견하는 것이나 마찬가지이다. 그 가치들의 이점을
명확히 볼수록 우리는 그 가치에 반하는 것을 더욱
거부하게 될 것이다. 이와 같은 방식으로 우리는
내면의 변화를 도모할 수 있다.

The key to genuine happiness is in our hands. To think this way
is to discover the essential values of kindness, brotherly love and
altruism. The more clearly we see the benefits of these values, the
more we will seek to reject anything that opposes them; in this
way we will be able to bring about inner transformation.

타인과 친밀하고 따뜻한 감정을 쌓아 가면 자연스레
마음의 평온을 얻을 수 있게 된다. 그렇게 함으로써
우리가 가지는 두려움이나 불안감을 없앨 수 있고
우리가 마주치는 어떤 장애도 헤쳐 나갈 힘을 얻게
된다. 그것은 인생에서 성공의 기본 원천이다.
인간은 단지 물질적 창조물에 불과한 것이 아니므로
겉으로 보이는 외부적인 발전에서만 행복의
가능성을 찾는 것은 실수이다. 가장 중요한 것은
내면의 평온을 개발하는 것이다.

Cultivating a close, warmhearted feeling for others automatically
puts the mind at ease. It helps remove whatever fears or
insecurities we may have and gives us the strength to cope with
any obstacles we encounter. It is the principal source of success
in life. Since we are not solely material creatures, it is a mistake
to place all our hopes for happiness on external development
alone. The key is to develop inner peace.

매일 아침 눈을 뜨면 이렇게 생각하라.
오늘 내가 운이 좋게도 살아있구나. 나는 소중한
인간의 삶을 살고 있으며 그것을 헛되이 낭비하지
않을 것이다. 나 자신을 발전시키고 다른 이들에게
관심을 기울이고 모든 존재를 이롭게 하는 깨달음을
성취하는 데 나의 모든 에너지를 사용할 것이다.
나는 타인에 대해 친절한 생각을 가질 것이며
타인에게 화를 내거나 그들에 대해 나쁘게 생각하지
않을 것이다. 나는 내가 할 수 있는 한 최대한
그들에게 도움을 주기 위해 노력할 것이다.

Every day, think as you wake up, today I am fortunate to be
alive, I have a precious human life, I am not going to waste it.
I am going to use all my energies to develop myself, to expand
my heart out to others; to achieve enlightenment for the benefit
of all beings. I am going to have kind thoughts towards others,
I am not going to get angry or think badly about others. I am
going to benefit others as much as I can.

명상은 명징한 마음을 유지하는 것이자 진실에
대해 깊이 생각하는 것이다. 우리의 감정에 대해
생각해보는 것이다. 스스로에게 '왜 내가 화를 내는
거지?'라고 질문하고 따뜻한 마음과 같은 긍정적인
감정의 이점과 바람직한 기반을 이해하게 된다.
나는 살면서 여러 어려움에 직면해왔지만 마음
훈련을 통해 얻은 마음의 평화가 내가 그 어려움들에
대항할 수 있게 도와주었다.

Meditation is about keeping the mind clear; thinking deeply
about reality. It's about thinking about our emotions, asking
ourselves 'Why do I feel angry?' and coming to understand the
advantages and sound basis of positive emotions like warm-
heartedness. I've faced difficulties in my life, but the peace of
mind I've gained from mind-training has helped me cope.

명상은 한 가지 혹은 여러 개의 직관이 아니라
기나긴 여행이다. 날이 가고 달이 가고 해가 갈수록
더 깊어진다. 그러므로 끊임없이 독서하고 생각하고
명상하라.

Meditation is a long journey, not a single insight or even several
insights. It gets more and more profound as the days, months,
and years pass. Keep reading and thinking and meditating.

죽음은 우리 삶의 일부이다. 좋든 싫든 일어나게
되어 있다. 죽음에 대해 생각하는 것을 피하려고
하는 대신 죽음의 의미를 이해하려고 노력하는
편이 낫다. 우리 모두는 동일한 육신, 동일한 살을
가지고 있으므로 우리는 모두 죽을 것이다. 물론
자연사와 사고사에는 큰 차이가 존재한다. 하지만
기본적으로 죽음은 조금 더 일찍 혹은 조금 더 늦게
찾아올 뿐이다. 애초에 당신이 '그래, 죽음은 삶의
일부야'라고 생각하는 태도를 가지고 있다면 죽음을
직시하는 것이 조금은 수월해질 것이다.

Death is a part of all our lives. Whether we like it or not, it is
bound to happen. Instead of avoiding thinking about it, it is
better to understand its meaning. We all have the same body,
the same human flesh, and therefore we will all die. There is a
big difference, of course, between natural death and accidental
death, but basically death will come sooner or later. If from the
beginning your attitude is 'Yes, death is part of our lives,' then it
may be easier to face.

불안을 극복할 수 있는 가장 효과적인 방법 중
하나는 자신에게 쏠려 있는 관심을 타인에게
돌리는 것이다.

One of the most effective ways to overcome anxiety is to try to
shift the focus of attention away from self and toward others.

우리 삶의 가장 중요한 목적은 행복이며 그것은
희망으로 유지된다. 미래에 대해서는 아무도 보장할
수 없지만 우리는 현재보다 더 나은 어떤 것을
희망하며 산다. 희망은 '할 수 있다'라는 믿음으로
계속하는 것을 의미한다. 그렇게 함으로써 정신력과
자신감, 그리고 정직하고 진실하고 투명하게 일할 수
있는 능력을 기를 수 있다.

The very purpose of our life is happiness, which is sustained by
hope. We have no guarantee about the future, but we exist in the
hope of something better. Hope means keeping going, thinking,
'I can do this.' It brings inner strength, self-confidence, the
ability to do what you do honestly, truthfully and transparently.

가장 먼저 자신이 변해야 한다.
나는 나 자신을 먼저 살피고 확인하고 난 뒤
다른 이들이 변화하기를 기대한다.

First one must change.
I first watch myself, check myself, then expect changes
from others.

희망을 유지하는 데 있어 아주 중요한 요소는
긍정적인 자세를 가지는 것이다. 긍정적인 자세란
현실적 상황을 직시하지 말라는 것이 아니다.
어떤 문제가 발생하든 그 문제에 대해 해결책을
찾으려고 노력하는 것을 뜻한다. 긍정적인 자세는
발생한 문제에만 초점을 맞추기보다는 그것이
가져올지도 모르는 긍정적 결과도 살펴서 이로운
점을 찾아내는 것을 말한다.

One very important factor for sustaining hope is to have an
optimistic attitude. Optimism doesn't mean that you are blind to
the reality of the situation. It means that you remain motivated
to seek a solution to whatever problems arise. Optimism involves
looking at a situation not only in relation to problems that arise,
but also seeking out some benefit—looking at it in terms of its
potential positive outcome.

용서는 의견 충돌을 해결하는 가장 효과적인
방법이다. 이타주의와 용서는 어떤 심각한 충돌도
진정한 인간성의 한계를 벗어나지 못하도록 막는
인간애를 낳는다.

Forgiveness is the most effective way of dealing with arguments;
altruism and forgiveness bring humanity together so that no
conflict, however serious, will go beyond the bounds of what is
truly human.

— 24 —

나는 궁극적인 목표로서 뿐만 아니라 필수적
과정으로서 민주주의의 중요성을 확고히 믿는
사람이다.

I am a firm believer in the importance of democracy,
not only as the ultimate goal, but also as an essential part of
the process.

우리의 인생에서 가장 중요한 목적은
다른 이들을 돕는 것이다. 그들을 돕지 못한다면
최소한 해를 입히지는 말라.

Our prime purpose in this life is to help others.
And if you can't help them, at least don't hurt them.

어머니에게서 최대한의 사랑을 받은 사람은
타인에게도 많은 애정을 보일 가능성이 높다.

The person who received maximum affection from mother,
that person also sort of cultivated the potential showing
affection to others.

세상에 대한 집착을 내려놓는다고 해서 당신이
세상과 분리되는 것은 아니다. 타인이 행복해지기를
열망하는 마음을 가지면 인간애는 더욱 커진다.
세상에 대한 집착을 줄이면 더 인간적이 될 수 있다.
타인을 돕는 것이 영적 수행의 궁극적 목표이므로
사회 속에 남아 있어야 한다.

Giving up attachment to the world does not mean that you
set yourself apart from it. Generating a desire for others to be
happy increases your humanity. As you become less attached to
the world, you become more humane. As the very purpose of
spiritual practice is to help others, you must remain in society.

마음챙김은 끊임없이 명상의 주제에 전념하는
기술이다. 이것은 망각의 해독제이다.

Mindfulness is a technique for keeping your mind
continuously on the object of your meditation.
It is the antidote to forgetfulness.

사람들은 충족감과 행복을 찾기 위해 각자 다른 길을
택한다. 타인이 당신과 같은 길을 가고 있지 않다고
해서 그들이 길을 잃은 것은 아니다.

People take different roads seeking fulfillment and happiness.
just because they're not on your road doesn't mean
they've gotten lost.

— 30 —

파괴적인 감정에 사로잡혀 있을 때 우리는
가장 중요한 자산인 독립성을 잃어버리게 된다.

When we are caught up in a destructive emotion,
we lose one of our greatest assets: our independence.

물리력을 사용하면 두려움이 생겨난다. 두려움은
신뢰를 무너뜨린다. 신뢰는 화합의 근간이다.
강경론자는 물리력으로 화합과 단결을 이룰 수
있다고 믿는다. 하지만 그것은 완전히 비과학적이고
전적으로 틀린 생각이다.

You use force, you create fear. Fear destroys trust. Trust is the
basis of harmony. The hardliner believes harmony and unity can
be brought by force. That's totally unscientific, totally wrong.

— 32 —

살면서 큰 비극적 상황에 부닥쳤을 때 우리는
두 가지 방식으로 반응할 수 있다. 한 가지는 희망을
잃고 자기 파괴적 습관에 빠져드는 것이고,
다른 하나는 그 도전을 정신력을 기르는 기회로
삼는 것이다.

When we meet real tragedy in life, we can react in two ways--
either by losing hope and falling into self-destructive habits,
or by using the challenge to find our inner strength.

진정한 영성은 언제라도 행할 수 있는
마음의 자세이다.

True spirituality is a mental attitude you can
practice at any time.

가족도, 캔버스에 유채, 7.5×14.8cm, 1972

희망을 유지하는 데 있어 아주 중요한 요소는
긍정적인 자세를 가지는 것이다.

One very important factor for sustaining hope is
to have an optimistic attitude.

V

친구는
백 명이라도
모자라지만,
적은
한 명이라도 많다

모든 문제가 타인의 잘못이라고 생각할 때 당신은
큰 고통을 겪는다. 모든 것이 자신의 잘못에서
기인한다는 사실을 깨닫게 되면 당신은 평화와
기쁨을 얻게 될 것이다.

When you think everything is someone else's fault, you will
suffer a lot. When you realize that everything springs only from
yourself, you will learn both peace and joy.

— 2 —

분노, 비통, 미움과 같은 느낌은 부정적인 것이다.
만일 내가 그러한 감정들을 마음속에 간직한다면
그 감정들은 내 육체와 건강을 해칠 것이다.
그것들은 아무런 소용이 없다.

Feelings of anger, bitterness, and hate are negative.
If I kept those inside me, they would spoil my body and my
health. The are of no use.

— 3 —

당신은 불만족스러울 때 항상 더 원하고 원한다.
욕망은 결코 충족되지 않는다. 하지만 만족을
연습하다 보면 스스로에게 이렇게 말할 수 있게
된다. 그래, 난 정말 필요한 것은 이미 모두
가지고 있어.

When you are discontent, you always want more, more, more,
more. Your desire can never be satisfied. But when you practice
contentment, you can say to yourself, oh yes, I already have
everything that I really need.

— 4 —

우리는 함께 살아야 한다.
그래서 이왕이면 함께 행복하게 사는 편이 낫다.

We all have to live together,
so we might as well live together happily.

해가 길어져 햇볕이 더 많아지면 잔디는 푸르러지고
그 결과 우리는 매우 행복해진다. 반면, 가을에는
나뭇잎이 하나둘씩 떨어진다. 아름다운 식물들은
마치 죽은 것처럼 보이고 우리도 그다지 행복하지
못하다. 그 이유가 무엇일까? 인간은 본성 깊숙이
건설을 좋아하고 파괴를 좋아하지 않기 때문이라고
생각한다. 그러므로 파괴적인 모든 행동들은
당연히 인간 본성에 어긋난다. 반면 건설적인 것은
인간 본성에 부합하는 방식이다. 따라서 기본적인
인간의 감정 차원에서도 폭력은 바람직하지 못하다.
비폭력만이 유일한 길이다.

When the days become longer and there is more sunshine,
the grass becomes fresh and, consequently, we feel very happy.
On the other hand, in autumn, one leaf falls down and another
leaf falls down. The beautiful plants become as if dead and
we do not feel very happy. Why? I think it is because deep
down our human nature likes construction, and does not like
destruction. Naturally, every action which is destructive is
against human nature. Constructiveness is the human way.
Therefore, I think that in terms of basic human feeling,
violence is not good. Non-violence is the only way.

잘못하거나 피해를 주는 사람들을 미워하지 말아야
한다. 연민의 마음으로 그들의 잘못된 행동을 멈출
수 있는 일을 해야 한다. 그들의 행동으로 고통 받는
이들뿐만 아니라 그들은 자신들에게도 해를 입히고
있는 것이기 때문이다.

You must not hate those who do wrong or harmful things;
but with compassion, you must do what you can to stop
them — for they are harming themselves, as well as those
who suffer from their actions.

살면서 큰 비극적 상황에 부닥쳤을 때 우리는 두
가지 방식으로 반응할 수 있다. 한 가지는 희망을
잃고 자기 파괴적 습관에 빠져드는 것이고, 다른
하나는 그 도전을 정신력을 기르는 기회로 삼는
것이다.

When we meet real tragedy in life, we can react in two
ways — either by losing hope and falling into self-destructive
habits, or by using the challenge to find our inner strength.

시간은 멈추지 않고 흘러간다. 뭔가를 실수했을 때
우리는 시간을 되돌려 그 일을 다시 시도할 수 없다.
우리가 할 수 있는 일은 현재를 잘 이용하는 것이다.

Time passes unhindered. When we make mistakes,
we cannot turn the clock back and try again.
All we can do is use the present well.

— 9 —

행복한 삶을 위한 첫걸음은 모든 사람들을
친절한 태도로 대하는 것이다.

The first step toward living a happy life is to treat
every other human with kindness.

우리가 말과 행동을 통해 타인에게 이득을 주고자
한다면 타인의 성취와 행운에 대해 측은지심을
바탕으로 기뻐하는 태도를 키우는 것이 좋다. 이러한
태도는 시기심을 잠재우는 강력한 해독제이다.
시기심은 개인적 차원에서 불필요한 고통을 주는
원천일 뿐만 아니라 다른 이들과 어울리는 데
걸림돌이 된다.

To help us bring benefit to others through our words and
actions, it is useful to cultivate an attitude of sympathetic joy
in others' achievements and good fortune. This attitude is a
powerful antidote against envy, which is not only a source of
unnecessary suffering on the individual level but also an obstacle
to our ability to reach out and engage with others.

이 지구상에는 성공적인 삶을 사는 사람들이 더 이상
필요치 않다. 우리는 평화중재자, 치유자, 복구자,
이야기꾼, 모든 종류의 사랑에 빠진 사람들이 절실히
필요하다.

The planet does not need more successful people.
The planet desperately needs more peacemakers, healers,
restorers, storytellers, and lovers of all kinds.

고통을 만나는 깃은 영적 활동을 고양시킨다.
당신이 재난과 불운을 목표에 이르는 과정으로
탈바꿈시킬 수 있다면 말이다.

Encountering sufferings will definitely contribute to the
elevation of your spiritual practice, provided you are able to
transform calamity and misfortune into the path.

— 13 —

우리는 모두 본능적으로 인간의 기본 가치인 사랑과
연민을 지향하는 성향을 가지고 있다. 우리는
미움보다 사랑을 선호한다. 타인의 비열함보다
관대함을 선호한다. 뿐만 아니라 편협함과 무례함,
분개보다 관용과 존경, 실패에 대한 용서를 더
좋아하지 않는 사람이 어디 있겠는가?

We are all, by nature, clearly oriented toward the basic human
values of love and compassion. We all prefer the love of others to
their hatred. We all prefer others' generosity to meanness. And
who is there among us who does not prefer tolerance, respect
and forgiveness of our failings to bigotry, disrespect,
and resentment?

자신을 정복하는 것은 전쟁에서 수천 명을
정복하는 것보다 더 큰 승리이다.

To conquer oneself is a greater victory than to conquer
thousands in a battle.

하루가 너무 길다고 느껴질 때 한가로운 수다는
시간을 금방 보낼 수 있게 해준다. 하지만
수다야말로 시간을 낭비하는 최악의 방법 중 하나다.
재단사가 손에 바늘을 쥐고 손님에게 끊임없이
수다를 떨며 재단 일은 마무리 짓지 않는다고
생각해보라. 그러다가 재단사는 바늘에 찔릴 수도
있다. 요컨대 의미 없는 수다는 모든 일을 방해한다.

When a day seems to be long, idle gossip makes our day seem
shorter. But it is one of the worst ways in which we waste our
time. If a tailor just holds the needle in his hand and goes on
talking to a customer, the tailoring does not get finished. Besides,
the needle might prick his finger. In short, meaningless gossip
prevents us from doing any kind of work.

화합, 우정, 서로에 대한 존경심을 키운다면
우리는 어려움 없이 합리적인 방식으로 많은 문제를
해결할 수 있다.

We can solve many problems in an appropriate way,
without any difficulty, if we cultivate harmony, friendship and
respect for one another.

진정한 변화는 우리 내부에서 일어나야 한다.
외부의 것들은 그대로 놓아두라.

True change is within.
Leave the outside as it is.

영성에 관심이 별로 없는 사람들은 인간 내면의
가치가 자신에게 적용되지 않는다고 생각해서는
안 된다. 깨어 있는 침착한 마음의 내면적 평화는
진정한 행복과 건강의 원천이다. 인간의 지성은
인간의 어떤 감정이 긍정적이고 도움이 되는지
그리고 어떤 감정이 피해를 주는 것이므로
절제하거나 피해야 하는지 우리에게 말해준다.

Those who have little interest in spirituality shouldn't think that
human inner values don't apply to you. The inner peace of an
alert and calm mind are the source of real happiness and good
health. Our human intelligence tells us which of our emotions
are positive and helpful and which are damaging and to be
restrained or avoided.

진정한 헌신성을 개발하려면 가르침의
의미를 알아야 한다. 불교에서의 주된 가르침은
마음을 변화시키는 것이고, 마음의 변화는 명상에
달려 있다. 명상을 올바로 하기 위해서는 지식이
필요하다.

To develop genuine devotion, you must know the meaning of
teachings. The main emphasis in Buddhism is to transform the
mind, and this transformation depends upon meditation. in
order to meditate correctly, you must have knowledge.

타인에 대한 연민뿐만 아니라 만족감, 인내심,
관용과 같은 내적 가치를 강화해야 한다. 참된
벗들을 따르게 만드는 것은 돈과 권력이 아니라
애정 표현이라는 사실을 명심한다면 연민은 우리의
행복을 보장해주는 열쇠가 될 수 있다.

We need to strengthen such inner values as contentment,
patience and tolerance, as well as compassion for others.
Keeping in mind that it is expressions of affection rather than
money and power that attract real friends, compassion
is the key to ensuring our own well-being.

우주 정거장 건설이나 내면의 깨우침은
하루아침에 실현될 수 없다.

Neither a space station nor an enlightened mind
can be realized in a day.

진정한 인내와 관용은 스승이나 친구에게서 배울 수
없다. 인내와 관용은 우리에게 불쾌한 경험을 주는
사람을 만날 때 훈련된다. 샨티데바(적천보살)의
가르침에 따르면, 우리는 적으로부터 많은 것을 배워
정신력을 기를 수 있으므로 적은 우리에게 매우
도움이 되는 존재이다.

We cannot learn real patience and tolerance from a guru or a
friend. They can be practiced only when we come in contact
with someone who creates unpleasant experiences. According to
Shantideva, enemies are really good for us as we can learn a lot
from them and build our inner strength.

당신의 고통은 자발적인 것이 아니다. 당신은 고통에
압도당하고 통제력을 잃는다. 반면 타인의 고통을
느낄 때는 다소 불편한 감정이 있더라도 그것은
자발적으로 받아들이는 고통이므로 적정 수준의
안정감을 느낀다. 그로 인해 자신감을 얻을 수 있다.

Your own pain is involuntary; you feel overwhelmed and have
no control. When feeling the pain of others, there is an element
of discomfort, but there also is a level of stability because you are
voluntarily accepting pain. It gives you a sense of confidence.

분노, 비통, 미움과 같은 느낌은 부정적인 것이다.
만일 내가 그러한 감정들을 마음속에 간직한다면
그 감정들은 내 육체와 건강을 해칠 것이다.
그것들은 아무런 소용이 없다.

Feelings of anger, bitterness, and hate are negative.
If I kept those inside me, they would spoil my body and my
health. They are of no use.

물질적 발전과 더 높은 생활수준은 우리에게 더
큰 안락함과 건강을 선사한다. 하지만 지속적인
평온감을 안겨줄 수 있는 유일한 것인 마음의 변화를
이끌어내지는 못한다. 덧없는 즐거움과는 달리 깊은
행복감은 본질적으로 정신적이다. 그것은 타인의
행복에 좌우되며 사랑과 애착을 기반으로 한다.

Material progress and a higher standard of living bring us greater
comfort and health, but do not lead to a transformation of the
mind, which is the only thing capable of providing lasting peace.
Profound happiness, unlike fleeting pleasures, is spiritual in
nature. It depends on the happiness of others and it is based on
love and affection.

우리는 우리가 당면한 문제를 해결하려고 노력할
때 기도한다. 하지만 폭력을 종식시키고 평화를
가져오는 일은 우리에게 달려 있다. 평화를 이룩하는
것은 우리의 책임이다. 폭력을 일으키는 원인이 되는
활동에 여전히 동참하면서 평화를 위해 기도하는
것은 모순적이다.

We may say prayers when we are trying to solve the problems
we face, but it is up to us to put an end to violence and bring
about peace. Creating peace is our responsibility. To pray for
peace while still engaging in the causes that give rise to violence
is contradictory.

말을 할 때는 이미 알고 있는 뭔가를 반복해서
말하고 있을 뿐이다. 하지만 다른 이들의 말을
경청하려고 한다면 새로운 것을 배우게 될 것이다.

When you talk you are only repeating something you already
know. But, if you listen you may learn something new.

가장 좋은 관계는 서로에 대한 사랑이 서로를
필요로 하는 마음을 능가하는 관계임을 기억하라.

Remember that the best relationship is one in which your love
for each other exceeds your need for each other.

중요한 것은 얼마나 오래 사느냐가 아니라 얼마나
의미 있는 삶을 사느냐이다. 돈과 명성을 쌓아야
한다는 뜻이 아니다. 이 세상을 함께 살아가는
이들에게 도움이 되는 삶을 살았는가의 여부이다.
가능할 때 다른 사람들을 도와주어야 하며 설사
도움을 주는 것이 여의치 않다 해도 적어도 피해를
주지는 말아야 한다.

What is important is not so much how long you live as whether
you live a meaningful life. This doesn't mean accumulating
money and fame, but being of service to your fellow human
beings. It means helping others if you can, but even if you can't
do that, at least not harming them.

할 가치가 있는 일이라면 그것을 하라. 사실
실패하더라도 후회할 이유는 없다. 다시 하면
되는 것이다. 시도해보지도 못하고 죽음을
맞이하는 것이야 말로 실망스러운 죽음이다. 우리
모두에게는 더 나은 세상을 만들기 위해 기여할
기회가 주어진다. 우리는 그 기회를 장기적 비전을
가지고 포착해야 한다. 고무적인 일은 점점 더 많은
사람들이 인류의 행복에 관심을 가진다는 사실이다.
이것은 분명 희망의 증거이다.

If something is worth doing, do it. If, in fact, you fail, there'll
be no cause for regret. You can try again. To die without
even having tried, will be to die disappointed. We all have
opportunities to contribute making a better world; we must
seize them with far-sighted vision. I'm encouraged that so many
people are becoming interested in the well-being of humanity.
This is surely a sign of hope.

당신의 목표는 기꺼이 바꾸되
당신의 가치관은 절대로 바꾸지 말라.

Be happy to change your goals, but never change your values.

상대의 얼굴에서 웃음을 보고 싶다면 먼저 웃어라.

Smile if you want a smile from another face.

심리적 육체적 유연성을 획득했을 때의
이점에 대해 숙고하는 것은 명상에 대한 열정을
일깨울 것이고 게으름에 빠지는 것을 방지해줄
것이다. 과거의 훌륭한 영적 스승에 대한 이야기를
보면 그들은 수많은 명상과 고독, 훈련을 통해 영적
깨달음에 이르렀음을 알 수 있다. 그들은 지름길을
택하지 않았다.

Contemplation of the advantages of attaining mental and
physical flexibility will generate enthusiasm for meditation and
counteract laziness. If we read the stories of the great spiritual
teachers of the past, we find that they have attained spiritual
realizations through a great deal of meditation, solitude, and
practice. They did not take any shortcuts.

VI

험준한 산을
넘지 않으면
광활한 평원에
이를 수 없다

다른 이의 행동이 당신의 반응을 결정짓게
해서는 안 된다.

Someone else's action should not determine your response.

연민은 우리의 신체적 상태와 부합한다. 분노,
두려움, 불신은 우리의 건강한 삶에 해가 된다.
따라서 몸의 건강을 위해 신체적 청결에 신경써야
함을 배우듯 우리는 감정적으로도 청결을 유지하는
법을 배워야 한다.

Compassion suits our physical condition, whereas anger, fear
and distrust are harmful to our well-being. Therefore, just as we
learn the importance of physical hygiene to physical health,
to ensure healthy minds, we need to learn some kind of
emotional hygiene.

사람들은 친절함에 감사해 하지만 유감스럽게도
물질적인 목표를 중시하는 우리의 현대 교육 제도는
내면의 가치에 많은 비중을 두지 않는다. 우리는
사람들이 과학적 발견과 상식, 공동의 경험을
바탕으로 내면의 가치를 더욱 의식하도록 만들어야
한다.

Everybody appreciates kindness, but unfortunately our modern
education system, with its materialistic goals, doesn't have much
room for inner values. We need to make people more aware of
such inner values on the basis of scientific findings, common
sense and common experience.

— 4 —

연민은 우리가 의지할 수 있는 어떤 것이다.
경제적 어려움에 처하거나 운이 하락해도 우리는
여전히 동료들과 연민의 감정을 나눌 수 있다.
국가 경제와 세계 경제는 많은 부침을 겪게 되기
마련이다. 하지만 그것을 통해 우리는 그것을
극복할 수 있는 연민 어린 태도를 가지게 될 것이다.

Compassion is something we can count on.
Even if we face economic problems and our fortunes decline,
we can still share our compassion with our fellow human beings.
National and global economies are subject to many ups and
downs, but through them all we can retain a compassionate
attitude that will carry us through.

모든 주요 종교들은 기본적으로 사랑, 연민,
용서와 같은 동일한 메시지를 전달하고 있다.
중요한 것은 그것들이 우리 일상의 일부로
자리잡아야 한다는 것이다.

All major religious traditions carry basically the same message,
that is love, compassion and forgiveness the important thing is
they should be part of our daily lives.

— 6 —

우리가 서로를 진정으로 형제, 자매로 여긴다면
분열과 속임수, 착취는 자취를 감출 것이다.
따라서 우리 모두는 인간으로서 동일하다는 인류의
일체감을 증진시키는 것이 중요하다.

If we were really to see one another as brothers and sisters,
there would be no basis for division, cheating and exploitation
among us. Therefore it's important to promote the idea of the
oneness of humanity, that in being human we are all the same.

행복감은 여러 가지 원인과 조건 하에서 발생한다.
만일 화가 나서 누군가에게 해를 가한다면 다소
피상적인 만족감은 느낄 수 있겠지만 마음속 깊은
곳에서는 자신이 잘못했음을 인정하게 된다. 그 결과
자신감은 줄어들 것이다. 그와 반대로 이타적으로
행동한다면 타인들 속에서 편안함과 자신감을
느끼게 될 것이다.

Happiness arises as a result of different causes and conditions.
If you harm someone out of anger, you may feel some superficial
satisfaction, but deep down you know it was wrong.
Your confidence will be undermined. However, if you have an
altruistic attitude, you'll feel comfortable and confident in the
presence of others.

— 8 —

마음이 평화롭다면 아무것도 당신을
동요시킬 수 없다.

If your heart has peace, nothing can disturb you.

실수와 결점을 지적하고 나쁜 행동을 꾸짖어주는
좋은 친구의 말은, 그가 숨겨진 보물을 보여주는
것이라 여기며 존중하라.

A good friend who points out mistakes and imperfections
and rebukes evil is to be respected as if he reveals the
secret of some hidden treasure.

— 10 —

지금부터라도 노력하면 우리는 이 세상을 더욱
평화로운 곳으로 만들 수 있다. 우리는 그렇게
만들기 위해 노력해야 한다.

If we start now and make the effort, we can make the
world a more peaceful place. We have to try.

어떤 성향을 가진 사람이든 명상을 할 때는 붓다의
이미지, 혹은 다른 종교적 대상을 떠올리면 도움이
된다. 종교적 대상에 집중함으로써 그 대상이
지닌 선한 자질들로 당신의 마음을 채울 수 있기
때문이다.

A helpful object of meditation for all personality types is
an image of Buddha, or some other religious figure, since
concentration on it imbues your mind with virtuous qualities.

분노와 증오는 화합을 불가능하게 한다. 군비 통제
및 해제는 대립과 갈등으로는 성사될 수 없다.
적대적인 태도는 상황을 악화시킬 따름이다. 반면
상대를 진정으로 존중하는 마음은 최악으로 치달을
수도 있는 상황을 서서히 진정시켜준다. 우리는
단기적인 혜택과 장기적인 손해 사이에 종종
존재하는 모순을 인식할 수 있어야만 한다.

Anger and hatred cannot bring harmony. The noble task of
arms control and disarmament cannot be accomplished by
confrontation and condemnation. Hostile attitudes only serve to
heat up the situation, whereas a true sense of respect gradually
cools down what otherwise could become explosive.
We must recognize the frequent contradictions between
short-term benefit and long-term harm.

나는 연민이야말로 우리 삶에 즉각적이고도
장기적인 행복을 가져다주는 것들 중 하나라고
믿는다. 섹스나 마약, 도박과 같은 단기적인
즐거움에서 오는 만족감을 이야기하는 것이
아니다.(그것들을 비난할 의도는 없다) 오랫동안
지속되는 진정한 행복을 가져다주는 것에 대해
이야기하는 것이다. 오래 남는 행복 말이다.

I believe compassion to be one of the few things we can practice
that will bring immediate and long-term happiness to our lives.
I'm not talking about the short-term gratification of pleasures
like sex, drugs or gambling (though I'm not knocking them),
but something that will bring true and lasting happiness.
The kind that sticks.

다음 세 가지를 따르라.

자신을 존중하라.

타인을 존중하라.

너의 모든 행동에 책임을 져라.

Follow the three R's:
Respect for self.
Respect for others.
Responsibility for all your actions.

인간은 사회적 동물로서 친구가 필요하다.
그러나 우리는 타인에 대한 애정과 관심에서 비롯된
신뢰를 바탕으로 친구를 사귄다. 신뢰는 돈을 주고
사거나 무력으로 쟁취할 수 없다. 신뢰의 원천은
따뜻한 마음이다.

As social animals we need friends, but we make friends on the basis of trust, which comes about as a result of affection and concern for others. You can't buy trust or acquire it by use of force. Its source is warm-heartedness.

— 16 —

긍정적인 마음의 상태는 나를 위한 것이 아니다.
내가 만나는 모두에게 도움을 주고 세상을
바꾸는 데 도움이 될 수 있어야 한다.

A positive state of mind is not merely good for you, it benefits
everyone with whom you come into contact, literally changing
the world.

나는 가장 어두운 날 희망을 발견하고,
가장 밝은 날 집중한다.
나는 우주를 재단하려 하지 않는다.

I find hope in the darkest of days, and focus in the brightest.
I do not judge the universe.

— 18 —

적을 친구로 만들었을 때 비로소 적을 이긴 것이다.

I defeat my enemies when I make them my friends.

아이들을 보라. 그들도 물론 싸움을 한다. 그러나 일반적으로 그들은 어른들처럼 나쁜 감정을 많이 품고 있지 않다. 대다수의 성인들은 아이들보다 교육을 많이 받았다는 이유로 혜택을 누리지만 마음속 깊숙이 부정적인 감정을 숨긴 채 환하게 웃는다면 교육을 많이 받은 것이 다 무슨 소용이겠는가? 아이들은 그렇게 행동하지 않는다. 아이들은 누군가에 대해 화가 나면 그것을 표현하고 잊어버린다. 그들은 다음날 화를 낸 상대와 여전히 함께 놀 수 있다.

Look at children. Of course they may quarrel, but generally speaking they do not harbor ill feelings as much or as long as adults do. Most adults have the advantage of education over children, but what is the use of an education if they show a big smile while hiding negative feelings deep inside? Children don't usually act in such a manner. If they feel angry with someone, they express it, and then it is finished. They can still play with that person the following day.

평화는 충돌이 없는 것을 뜻하지 않는다. 차이는
항상 존재할 수밖에 없다. 평화는 이 차이를
평화로운 방법으로 해소하는 것이다. 대화, 교육,
지식 등의 인간적인 방법들을 통해서 해소해야 한다.

Peace does not mean an absence of conflicts; differences will
always be there. Peace means solving these differences through
peaceful means; through dialogue, education, knowledge;
and through humane ways.

나는 나의 방식을 최선의 것으로 제시하지 않을 것이다. 결정은 당신의 몫이다. 당신에게 적합하다고 생각하는 것을 발견하면 한번 시험해 보라. 만약 효용성이 없다고 판단되면 그것을 폐기하면 된다.

I will not propose to you that my way is best.
The decision is up to you. If you find some point which may be suitable to you, then you can carry out experiments for yourself. If you find that it is of no use, then you can discard it.

분노와 증오는 어부의 낚시 바늘과도 같다.
그 낚시 바늘에 걸려들지 않도록 스스로 경계하는
것이 중요하다.

Anger or hatred is like a fisherman's hook.
It is very important for us to ensure that we are not caught by it.

연민에 관해 이야기할 때는 자신에 대한 연민도
포함해야 한다. 타인에 대해 연민을 가지는 것은
자기희생을 뜻하지 않는다. 나는 종종 어리석은
이기심과 현명한 이기심을 본다. 인간은 서로
의지하는 사회적 동물이므로 타인에게 사랑과
연민을 보여주는 것이 현명하다.

When we talk about compassion it has to include having
compassion for yourself. It's not just a matter of self-sacrifice.
I have observed a foolish sense of selfishness and a wise sense
of selfishness. Since we are social animals, who depend on one
another, to show love and compassion to others is wise.

여러 불교 종파들은 우주 생성 배경에 대해서는 입장
차이를 보일지라도 그들이 공통적으로 고민하는
다음의 문제에 대해서는 이견이 없다. 두 가지 근원,
즉 외부적 문제와 인간의 내면 또는 의식은 완전히
별개로 보여도 서로 영향을 주고받는다는 것이다.
외부적 요인과 조건은 우리가 경험하는 행복과
고통에 일정 부분 영향을 끼친다. 하지만 우리는
고통 받을 것인지 행복할 것인지를 결정짓는 것이
우리 자신의 느낌, 생각, 감정이라고만 여긴다.

Although you can find certain differences among the Buddhist
philosophical schools about how the universe came into
being, the basic common question addressed is how the two
fundamental principles-external matter and internal mind or
consciousness-although distinct, affect one another. External
causes and conditions are responsible for certain of our
experiences of happiness and suffering. Yet we find that it is
principally our own feelings, our thoughts and our emotions,
that really determine whether we are going to suffer or be happy.

당신이 세상을 바꾸기에 하찮은 존재라는 생각이
든다면, 모기와 함께 잠을 자보라.

If you think you are too small to make a difference,
try sleeping with a mosquito.

한 가지 분명한 사실은 우리가 아는 한 인간은
지구를 파괴할 능력을 가진 유일한 종이라는 것이다.
새들은 그런 힘을 가지고 있지 않다. 곤충이나 어떤
종류의 포유류도 마찬가지다. 다시 말해 우리가
지구를 파괴할 능력을 가졌다면 지구를 보호할
능력도 가지고 있는 것이다.

The only clear thing is that we humans are the only species with
the power to destroy the earth as we know it. The birds have no
such power, nor do the insects, nor does any mammal. Yet if we
have the capacity to destroy the earth, so, too, do we have the
capacity to protect it.

마음속의 지식은 현재를 살고 있는 전 세계 70억
명의 인간들과 관련되어 있다. 우리 감정의 전체
체계에 대한 이해를 기반으로 파괴적인 감정들을
해소하려고 노력함으로써 마음의 평정을 얻을
수 있기 때문이다. 우리는 감각적인 차원에서
상대적으로 짧게 지나가는 행복을 경험한다. 그러나
지속적인 행복은 우리의 마음 상태에 달려 있다.

Knowledge of the mind is relevant to all 7 billion human
beings alive today because we achieve peace of mind by tackling
our destructive emotions on the basis of understanding the
whole system of our emotions. We experience happiness on a
sensory level that is relatively short-lived.
But lasting happiness is related to our state of mind.

— 28 —

인간 세상의 문제를 해결하는 가장 좋은 방법은
양측이 앉아서 대화하는 것이다.

The best way to resolve any problem in the human
world is for all sides to sit down and talk.

사신과 타인 모두에게 이로운 일을 할 수 있는
최대한의 잠재력은 큰 역경 속에 존재한다.

It is under the greatest adversity that there exists the greatest
potential for doing good, both for oneself and others.

우리 사이에는 차이가 존재한다. 하지만 그 차이에 집중하는 것은 이치에 맞지 않다. 나와 당신의 미래는 다른 이들의 미래와 연결되어 있기 때문이다. 그래서 우리는 전 인류에 대해 진지한 관심을 가질 필요가 있다. 우리가 개인에만 집중하게 되면 인류는 고통 받을 수밖에 없다. 그리고 인류가 고통 받게 되면 우리 모두 고통 받게 될 것이다.

There are differences between us. But it doesn't make sense to emphasize that, because my future and yours is connected with everyone else's. So we have to take seriously our concern for all of humanity. When we focus on our individuality, humanity inevitably suffers. And once humanity suffers, each one of us will also suffer.

어떤 일이 모든 측면에서 부정적인 경우는 아주
드물거나 거의 불가능하다.

It is very rare or almost impossible that an event can be
negative from all points of view.

— 32 —

당신이 진정으로 애정을 보인다면 동물과도 서서히
신뢰가 쌓인다. 하물며 인간이 항상 찡그린 얼굴을
보이고 때린다면 어떻게 우정을 쌓을 수 있겠는가?

Even an animal, if you show genuine affection, gradually trust
develops… If you always showing bad face and beating,
how can you develop friendship?

상황을 가능한 모든 각도에서 바라본다면
더 열린 마음의 소유자가 될 것이다.

Look at situations from all angles, and you will become
more open.

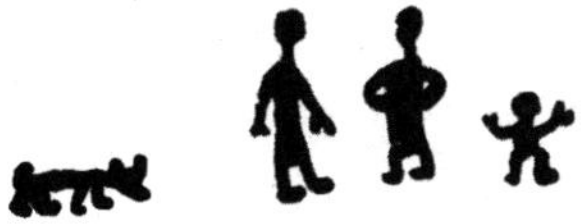

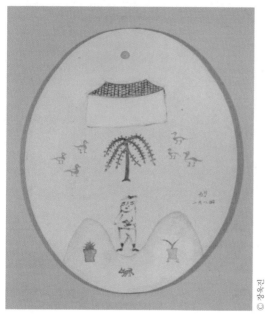

흰 집, 캔버스에 유채, 29×24cm, 1984

차이는 항상 존재할 수밖에 없다.
평화는 이 차이를 평화로운 방법으로 해소하는 것이다.

Differences will always be there. Peace means
solving these differences through peaceful means.

VII

아침에
일어나면
꽃을 생각하라

아침에 일어나서 하는 조그마한 긍정적인 생각이
하루 전체를 바꿀 수 있다.

Just one small positive thought in the morning can
change your whole day.

— 2 —

인간은 심지어 우리에게 적대적인 태도를 보이는
사람들조차도 인간으로서 고통 받는 것을
두려워하기는 마찬가지이며 같은 방식으로 행복을
추구한다. 모든 인간은 고통 받지 않고 행복할
동일한 권리를 가지고 있다. 그러므로 친구가 되었든
적이 되었든 모든 타인을 진심을 다해 돌봐야 한다.
이러한 생각이 진정한 연민의 기반이 된다.

Every single being, even those who are hostile to us, is just as
afraid of suffering as we are, and seeks happiness in the same way
we do. Every person has the same right as we do to be happy
and not to suffer. So let's take care of others wholeheartedly,
of both our friends and our enemies. This is the basis for true
compassion.

미움과 질투, 두려움은 마음의 평화를 서해한다.
이를테면 당신이 화를 내거나 누군가를 용서할 수
없을 때 정신적 고통은 끊임없이 계속된다.
나쁜 감정으로 마음의 평화를 해치느니 용서하는
편이 낫다.

Hatred, jealousy, and fear hinder peace of mind. When you're
angry or unforgiving, for example, your mental suffering is
constant. It is better to forgive than to spoil your peace of
mind with ill feelings.

— 4 —

나는 누구든 오랜 친구를 만나면 대접하려고 애쓴다.
그렇게 하면 정말 행복해지기 때문이다.
이것이 바로 연민을 실천하는 방식이다.

I try to treat whoever I meet as an old friend.
This gives me a genuine feeling of happiness.
It is the practice of compassion.

연민은 종교적 과업이 아니다. 그것은 인간적인
과업이다. 그것은 허영이 아니며, 우리 자신의
평온과 정신적 안정에 필수적이며 인간 생존에
반드시 필요하다.

Compassion is not religious business, it is human business,
it is not luxury, it is essential for our own peace and mental
stability, it is essential for human survival.

— 6 —

이성이 끝나면 분노가 시작된다.
따라서 분노는 나약함을 드러내는 신호다.

When reason ends, then anger begins.
Therefore, anger is a sign of weakness.

문제의 근원은 통제되지 않는 우리의 마음이다.
우리는 따뜻한 마음씨를 길러 마음을 통제할 수
있다. 우리는 사랑이 진정한 기쁨의 원천임을 깨닫기
위해 내면의 변화를 꾀해야 한다. 인간은 사회적
동물로서 상호 의존적이다. 이기심보다는 따뜻한
마음을 가져야 더 많은 친구들과 함께 현재를 더
건강하게 오래 살 수 있다.

A source of trouble is our unruly minds. We can counter
that by developing a warm heart. We need to effect an inner
transformation, to understand that love and affection are a real
source of joy. As human beings we are social animals, dependent
on each other. It's important to be warm-hearted rather than
selfish. We'll be less sick, live longer and have more friends here
and now.

— 8 —

우리는 내면의 감정을 개발하려고 노력해야 한다.
그것은 마음 훈련만 한다면 이룰 수 있다. 내면의
감정은 인간에게 있어 대단히 가치 있는 자산이다.
더구나 소득세를 지불할 필요도 없지 않는가!

One has to try to develop one's inner feelings, which can be
done simply by training one's mind. This is a priceless human
asset and one you don't have to pay income tax on!

특정 종교나 믿음을 가지고 있다면 그것은
좋은 일이다. 하지만 당신은 그것이 없어도
생존할 수 있다.

If you have a particular faith or religion, that is good.
But you can survive without it.

— 10 —

죽음을 피해갈 방법은 없다. 죽음을 피하려고 하는 것은 네 개의 하늘을 찌를 듯한 거대한 산봉우리를 피해가려고 하는 것이나 다름없다. 세상에 태어나는 것, 나이듦, 병듦, 죽음의 네 봉우리를 피해갈 수는 없다.

There is no way to escape death, it is just like trying to escape by four great mountains touching sky. There is no escape from these four mountains of birth, old age, sickness and death.

없으면 안 되는 것은 없다.
나는 이 태도를 어린 시절 배웠다.

There is nothing I can't live without.
I learned this attitude when I was a child.

— 12 —

우리 자신에 대한 사랑의 부족은 다른 이들에
대한 연민을 가로막는다. 우리가 스스로의 좋은
친구가 될 때, 타인에게도 어려움 없이
마음의 문을 열 수 있다.

It is lack of love for ourselves that inhibits our compassion
toward others. If we make friends with ourselves, then there is
no obstacle to opening our hearts and minds to others.

마음의 평화는 건강에 매우 필수적이다.
과학자들의 조사에 따르면 평온한 마음은 건강을
회복시키고 궁극적으로 신념을 가지게 해주는
커다란 혜택을 제공한다. 그러한 차원에서 평온한
마음은 있으면 더 좋은 사치 품목이 아니며 우리의
건강한 생존을 위해 아주 중요한 것이라 생각한다.

The peace of mind, is very essential for our health. So in that
level, I think scientific finding, immense benefit to get our
wellness and eventually conviction, peace of mind is not just a
luxurious item, but peace of mind is actually very important for
our survival, for our healthy survival.

염두에 두어야 할 중요한 한 가지가 있다.
사람들이 당신을 뭐라고 부르건 당신은 있는
그대로의 당신이다. 이 진실을 기억하라. 당신은
어떻게 살기를 원하는지 스스로에게 물어야 한다.
우리는 살고 죽으며 이것은 우리가 혼자서 감당해야
할 진실이다. 아무도 우리를 도울 수 없으며
부처님조차도 도울 수 없다. 그러므로 주의 깊게
생각해보라. 무엇이 당신이 원하는 삶을
살지 못하도록 막는가?

There is only one important point you must keep in your mind
and let it be your guide. No matter what people call you, you are
just who you are. Keep to this truth. You must ask yourself how
is it you want to live your life. We live and we die, this is the
truth that we can only face alone. No one can help us, not even
the Buddha. So consider carefully, what prevents you from living
the way you want to live your life?

당신이 먼저 주려고 하되 아무것도 바라지 말라.

You have to start giving first and expect absolutely nothing.

현대 사회의 문제점은 마치 교육이 사람들을 더
똑똑하고 유능하게 만드는 것이라고 생각하는
태도에 있다. 비록 사회는 이것을 강조하지는 않지만
지식과 교육의 가장 중요한 용도는 더 유익한 행동을
하도록 인식시키고 마음을 단련하는 데 있다. 지성과
지식을 바람직하게 활용하는 길은 올바른 마음을
함양하기 위해 내면을 변화시키는 것이다.

One problem with our current society is that we have an attitude
towards education as if it is there to simply make you more
clever, make you more ingenious... Even though our society does
not emphasize this, the most important use of knowledge and
education is to help us understand the importance of engaging
in more wholesome actions and bringing about discipline
within our minds. The proper utilization of our intelligence and
knowledge is to effect changes from within to develop a good
heart.

시간은 결코 기다려주지 않고 계속 흘러가고 있다. 시간만 멈추지 않고 흐르는 것이 아니라 그와 함께 우리의 삶도 끊임없이 흘러가고 있다. 뭔가가 잘못 되었을 때 우리는 시간을 되돌려 다시 시도할 수 없다. 그런 의미에서 사실상 두 번째 기회란 없는 것이다.

Time never waits but keeps flowing. Not only does time flow unhindered, but correspondingly our life too keeps moving onward all the time. If something has gone wrong, we cannot turn back time and try again. In that sense, there is no genuine second chance.

삶은 가끔 힘든 경험을 통해
더 큰 의미를 지니게 된다.

Through difficult experiences,
life sometimes becomes more meaningful.

우리가 직면하고 있는 어려움에 무관심한 태도를
취하는 것은 정당화될 수 없다. 숭고한 목표라면
평생 그것이 실현되는지의 여부는 중요하지 않다.
따라서 우리가 해야 할 일은 꾸준히 최선의 노력을
다하며 절대로 포기하지 않는 것이다.

To remain indifferent to the challenges we face is indefensible.
If the goal is noble, whether or not it is realized within our
lifetime is largely irrelevant. What we must do therefore is to
strive and persevere and never give up.

우리 사이에는 차이가 존재한다. 하지만 그 차이에
집중하는 것은 이치에 맞지 않다. 나와 당신의
미래는 다른 이들의 미래와 연결되어 있기 때문이다.
그래서 우리는 전 인류에 대해 진지한 관심을 가질
필요가 있다. 우리가 개인에만 집중하게 되면 인류는
고통 받을 수밖에 없다. 그리고 인류가 고통 받게
되면 우리 모두 고통 받게 될 것이다.

There are differences between us. But it doesn't make sense to
emphasize that, because my future and yours is connected with
everyone else's. So we have to take seriously our concern for all
of humanity. When we focus on our individuality, humanity
inevitably suffers. And once humanity suffers, each one of us
will also suffer.

모든 수요 종교들의 목적은 외부에 큰 신전을 짓는 것이 아니라 선함과 연민의 신전을 우리 마음속에 짓는 것이다.

The purpose of all the major religious traditions is not to construct big temples on the outside, but to create temples of goodness and compassion inside, in our hearts.

당신의 지식을 공유하라.
그것이 불멸을 성취하는 길이다.

Share your knowledge.
It is a way to achieve immortality.

좋은 음식과 좋은 옷, 좋은 집이 훌륭한 삶을
의미하는 것이 아니다. 그것만으로는 부족하다.
독단적인 자세와 복잡한 철학을 벗어던진 진정한
연민의 자세를 가져야 한다. 즉, 다른 이들을
형제자매로 여기고 그들의 권리와 인간적 존엄을
존중하는 등의 훌륭한 동기가 반드시 필요하다.

A good life does not mean just good food, good clothes, good
shelter. These are not sufficient. A good motivation is what is
needed—compassion, without dogmatism, without complicated
philosophy—just understanding that others are human brothers
and sisters and respecting their rights and human dignity.

인생에서 가장 힘든 시기에 가장 많은
지식과 경험을 얻기 마련이다.

The period of greatest gain in knowledge and experience
is the most difficult period in one's life.

다른 사람이 아닌 과거의 자신보다
더 나아지는 것을 목표로 삼아야 된다.

The goal is not to be better than the other man,
but your previous self.

극심한 고통을 겪고 있는 이들을 상대하면서 당신이
녹초가 되고 사기가 저하되고 진이 빠졌다고
느껴진다면 잠시 물러나 회복의 시간을 가지는 것이
모두를 위해 가장 바람직한 일이다. 중요한 것은
장기적 관점을 가지는 것이다.

In dealing with those who are undergoing great suffering, if you
feel burnout setting in, if you feel demoralized and exhausted,
it is best, for the sake of everyone, to withdraw and restore
yourself. The point is to have a long-term perspective.

만일 당신이 일을 찾고 있고 직업 선택권이 있다면
창조성을 발휘할 기회를 제공하고 가족과 함께 보낼
시간을 허락하는 직업을 선택하라. 비록 그 직업이
수입이 적을지라도 말이다.

If you're looking for work and have a choice of a job, choose
a job that allows the opportunity for some creativity, and for
spending time with your family. Even if it means less pay.

인간이든 동물이든 이 지구상에 살고 있는
생명체들은 각자 고유한 방식으로 세상의
아름다움과 번영에 기여하기 위해 이곳에 왔다.

The creatures that inhabit this earth-be they human beings or
animals-are here to contribute, each in its own particular way,
to the beauty and prosperity of the world.

인간은 생존하기 위해 서로 의지한다. 우리 모두
기후 변화의 위협을 받고 있다는 점에서 국경은
아무런 의미가 없다. 우주에서 우리의 작고 푸른
행성을 바라보면 국경 따위는 보이지 않는다. 이것이
현재의 현실이다. 세계 환경의 날을 맞아 우리는
인류 전체의 행복을 위해 환경을 고민해야 한다.

We depend on each other for our survival. In terms of the threats
we all face from climate change, national boundaries have no
meaning. Looking at our small blue planet from space no such
boundaries can be seen. This is the reality today. On this World
Environment Day we have to think of the environment in terms
of the welfare of the whole of humanity.

— 30 —

그것을 얻기 위해 무엇을 포기해야 했는지를 보고
당신의 성공을 판단하라.

Judge your success by what you had to give up in order to get it.

어떤 어려움과 고통스러운 경험이 있을지라도
희망을 잃는다면 그것이야 말로 진정한 재난이다.

No matter what sort of difficulties, how painful experience is,
if we lose our hope, that's our real disaster.

살아가며 마주해야 할 문제들은 항상 있다. 하지만
평정심을 유지한다면 결과는 달라질 수 있다.

There are always problems to face, but it makes a difference if
our minds are calm.

때로는 침묵이 최고의 대답이라는 사실을 기억하라.

Remember that silence is sometimes the best answer.

VIII

행복은
연습이 필요하다

— 1 —

매일 일정 시간 혼자만의 시간을 가져라.

Spend some time alone everyday.

나는 인생의 목적이 행복해지기라고 생각한다.
태어날 때부터 모든 인간은 고통이 아닌 행복을
원한다. 사회적 지위나 교육 수준, 사상을 막론하고
모두 행복하기를 원한다. 우리는 가슴속 깊이
만족감을 소망한다. 따라서 무엇이 가장 커다란
행복을 가져다주는지 알아내는 것이 중요하다.
내 미진한 인생 경험으로는 행복은 사랑과 연민의
발현이다.

I believe the purpose of life is to be happy. From the moment of
birth, every human being wants happiness not suffering. Neither
social conditioning nor education nor ideology affect this. From
the very core of our being, we desire contentment. Therefore,
it's important to discover what will bring about the greatest
degree of happiness. My own limited experience tells me it's the
development of love and compassion.

타인의 마음은 분노가 아닌 애정을 통해
움직일 수 있다.

The way to change others' minds is with affection,
and not anger.

전쟁이 없을 때 생겨나는 평화는 배고픔이나
추위로 죽어가는 사람에게는 가치가 없다. 그것은
양심수에게 가해지는 고문의 고통을 없애주지
않는다. 인근 국가의 무분별한 산림 벌채로 인해
발생한 홍수로 집을 잃은 이들에게 안식이 되어주지
못한다. 평화는 인권이 존중되고 사람들이 식량
걱정을 하지 않아도 되며 개인과 국가가 자유로운
곳에서라야 오래 지속되는 것이 가능하다.

Peace, in the sense of the absence of war, is of little value to
someone dying of hunger or cold. It will not remove the pain of
torture inflicted on a prisoner of conscience. It does not comfort
those who have lost their homes in floods caused by senseless
deforestation in neighboring countries. Peace can only last where
human rights are respected, where people are fed, and where
individuals and nations are free.

행복은 완벽히 만들어진 상태로 다가오는 것이
아니다. 당신 자신의 행동에서 나온다.

Happiness is not something that comes ready made.
It comes from your own actions.

— 6 —

마음이 연민으로 가득 찰수록 우리는 삶을 숨김없이
투명하고 정직하고 진실하게 살 수 있게 된다.
연민은 우리의 정신력을 키워주고 두려움을
줄여주며 우리 주변에 친구들이 모이게 한다.
인간은 사회적 동물로서 친구가 필요하며 친구를
끌어들이는 것은 다름 아닌 신뢰다. 그리고 신뢰는
우리가 진정으로 타인의 행복에 관심을 보일 때
형성된다.

The more compassionate our mind, the more we'll be able to
lead our lives transparently, honestly, truthfully, with nothing
to hide. Compassion enhances our inner strength, reduces fear
and causes friends to gather round us. As social animals we need
friends and what attracts them is trust. And trust grows when
we show real concern for others' well-being.

우리는 우리의 마음을 바꿀 수 있다. 분노와 미움에 굴복할 필요가 없다. 연민과 분노는 공존할 수 없으므로 우리가 연민의 마음을 키울수록 분노는 줄어들 것이다. 연민은 마음의 평화를 가져다주며 부정적인 일이 발생했을 때 그것을 모면할 수 있게 해준다.

We can change our minds. We don't have to give in to anger and hatred. Since compassion and anger cannot co-exist, the more we cultivate compassion the more our anger will be reduced. Compassion brings peace of mind and if we have that we won't be deflected when negative events occur.

_ 8 _

당신은 폭력을 이용해 어떤 문제를 해결할지도
모른다. 하지만 그것은 또 다른 문제의 씨앗을 심는
것이나 마찬가지다.

Through violence, you may 'solve' one problem,
but you sow the seeds for another.

우리가 어려움에 직면했을 때 인내하고 관용을
베풀어야 한다는 것은 우리가 어려움에 굴복해야
한다는 뜻이 아니다. 인내를 행하는 것의 목적은
마음과 가슴을 강하게 만드는 것이다. 하지만
침착함을 유지해야 한다. 인내심을 잃고 감정에
휩쓸리게 되면 명료하게 사고하여 우리를 괴롭히는
파괴적인 감정을 치유하는 법을 발견하는 능력을
잃게 된다.

To say we should be patient and tolerant in the face of trouble
doesn't mean we should give in. The purpose of engaging in the
practice of patience is to strengthen the mind and strengthen the
heart. But we need to remain calm. If we lose patience and our
minds are swamped with emotion, we lose the ability to think
clearly and discover how to remedy the destructive emotions that
are upsetting us.

기본적으로 마음의 상태가 고요하고 침착하면
그 마음의 평화가 육체적인 고통의 경험을 제압하는
것이 가능하다. 반대로 만일 누군가가 우울이나
걱정, 또는 어떤 정신적 문제로 고통 받고 있다면,
그는 육체적으로 편안하다 할지라도 그 편안함이
주는 행복을 진정으로 경험할 수 없을 것이다.

If a person's basic state of mind is serene and calm, then it is possible for this inner peace to overwhelm a painful physical experience. On the other hand, if someone is suffering from depression, anxiety, or any form of emotional distress, then even if he or she happens to be enjoying physical comforts, he will not really be able to experience the happiness that these could bring.

다른 이들의 행동으로 말미암아 마음의 평화가
깨지는 일이 없게 하라.

Do not let the behavior of others destroy your inner peace.

— 12 —

명상은 마음을 통제하는 법을 배우는 과정이며
마음을 더 도덕적인 방향으로 이끌어준다. 명상은
우리가 오래된 사고 습관의 영향력을 줄이고 새로운
사고 습관을 개발하도록 해주는 기법이다.

Meditation is the process whereby we gain control over the mind
and guide it in a more virtuous direction. Meditation may be
thought of as a technique by which we diminish the force of old
thought habits and develop new ones.

명상을 통해 마음의 평화를 얻는 것은 마음의 평화를
깨뜨리는 주범이 외부의 적이 아니라 우리 안에
있음을 인식하는 것에서 시작된다. 그러므로 해결책
또한 우리 안에 존재한다. 하지만 내면의 변화는
전기 스위치를 켜듯 단숨에 일어나지 않는다.
몇 주, 몇 달, 몇 년이 걸리는 일이다.

The way to develop inner peace through meditation begins with
the recognition that the destroyer of inner peace is not some
external foe, but is within us. Therefore, the solution is within us
too. However, that inner change does not take place immediately
in the way that we switch on a light, but takes weeks, months
and years.

원래 내가 존재하지만 명상을 통해 사라지는
것이라는 생각은 잘못된 생각이다. 사실상 '나'는
애초부터 존재하지 않았던 것이다.

We shouldn't think that self is something that is originally there
and then eliminated in meditation; in fact, it is something that
never existed in the first place.

부처님은 진실에 관해 말씀하셨다. 진실은
근본적으로 단 하나일 것이다. 하지만 부처님은
진실에 관한 모든 명제들은 상황에 따라 달라질
뿐이라고 말씀하셨다.

Buddha was speaking about reality. Reality may be one,
in its deepest essence, but Buddha also stated that all
propositions about reality are only contingent.

진정한 화합은 가슴에서 우러나와야 이룰 수 있다.
상대에게 총을 겨누어 이룰 수는 없다.

Genuine harmony must come from the heart.
It cannot come from the barrel of a gun.

나는 오늘 살아 있는 전 세계 70억 인구 중 한
사람이다. 우리는 인간성과 세상의 선에 대해 고민할
책임이 있다. 그것이 우리의 미래에 영향을 미치기
때문이다. 우리는 문제를 일으키기 위해 현 시대 이
지구상에 태어난 것이 아니라 혜택을 가져오기 위해
태어난 것이다.

I am one of the 7 billion human beings alive today. We each
have a responsibility to think about humanity and the good of
the world because it affects our own future. We weren't born on
this planet at this time to create problems but to bring about
some benefit.

— 18 —

나는 인생의 목표는 행복해지는 것이라고 자주
말한다. 우리의 존재는 희망에 기반을 두고 있다.
우리의 삶은 행복해질 기회에 뿌리를 박고 있으며
반드시 부자가 아니더라도 마음이 행복하면 된다.
우리가 만일 감각적인 즐거움만 탐닉하면 동물과
별반 다르지 않겠지만, 사실 우리는 놀랍도록 뛰어난
두뇌와 지성을 가지고 있다. 그것을 사용하는 법을
배워야 된다.

I usually say the aim of life is to be happy. Our existence is based
on hope. Our life is rooted in the opportunity to be happy, not
necessarily wealthy, but happy within our own minds. If we only
indulge in sensory pleasure, we'll be little different from animals.
In fact, we have this marvellous brain and intelligence; we must
learn to use it.

다른 사람들이 행복하기를 바란다면 연민의 자세를
연습하라. 그리고 당신이 행복해지고 싶을 때에도
연민의 자세를 연습하라.

If you want others to be happy, practice compassion.
If you want to be happy, practice compassion.

모든 인간은 어머니에게서 태어나 적어도 그 후
몇 년 동안은 어머니로부터 엄청난 사랑을 받았다.
그래서 이 생애에서 아이가 겪는 첫 경험으로서
누군가로부터 받은 커다란 사랑은 우리 안에
내재되어 있다. 그래서 남은 생을 살면서 타인이
당신에게 미소 짓거나 진정으로 친밀감을 보이면
당신은 행복해 한다. 동물들조차도 그렇다.

I think every human being, born from mother, and at least the
next few years, you see, received immense affection from our
mother. So the child's first experience in this lifetime at the
beginning, I think that immense affection from other is in our
blood. So therefore, the whole rest of life, other people show you
smile, genuine sort of closeness feeling. You feel happy. Even
animals also like that.

니는 인생의 중요한 목적이 행복을 추구하는
것이라고 생각한다. 종교가 있건 없건, 그 종교를
믿건 믿지 않건 우리 모두는 삶에서 더 나은
무언가를 추구하려고 노력한다. 그래서 나는
인생에서 가장 중요한 몸짓은 행복을 향한
몸짓이라고 생각한다.

I believe the very purpose of our life is to seek happiness.
Whether one believes in religion or not, whether one believes
in that religion or this religion, we are all seeking something
better in life. So, I think, the very motion of our life is towards
happiness.

긍정적으로 생각하는 쪽을 택하라.
그 편이 기분이 더 좋다.

Choose to be optimistic, it feels better.

나의 침묵을 무지로, 나의 침착함을 수용으로, 나의 친절을 연약함으로 오해하지 마라. 연민과 관용은 연약함의 징표가 아니라 힘의 징표이다.

Don't ever mistake my silence for ignorance, my calmness for acceptance or my kindness for weakness. Compassion and tolerance are not a sign of weakness, but a sign of strength.

모든 인간은 똑같이 잠재력을 지니고 있다. 자신은
가치가 없다고 생각한다면 잘못된 생각이다. 당신은
스스로를 속이고 있는 것이다. 우리 모두는 사고력을
가지고 있다. 그렇다면 무엇이 부족하단 말인가?
의지만 있다면 무엇이든 바꿀 수 있다. 당신이 바로
당신 자신의 주인이라고들 말하지 않는가?

Human potential is the same for all. Your feeling, I am of no
value, is wrong. Absolutely wrong. You are deceiving yourself.
We all have the power of thought – so what are you lacking? If
you have willpower, then you can change anything. It is usually
said that you are your own master.

희생하는 데 필요한 의지력을 기르기 위해서는
당신의 모든 시간과 에너지를 물질적 안락함을
추구하는 데 쏟으면 종국에는 고통을 맞이하게
된다는 사실을 우선적으로 깨달아야 한다. 긍정적인
결과와 부정적인 결과 모두 가능하다는 사실을
깨달아야 하는 것이다. (모든 행동에 따르는)
장기적인 결과를 헤아리는 것이 매우 중요하다.

In order to develop the willpower it takes to sacrifice, you must
first realize that spending all your time and energy pursuing
material comforts means you will eventually suffer. It's all about
positive and negative consequences. It's very important to be
aware that there are long-term consequences [for every action].

영광스러운 삶을 살도록 노력하라.
나이가 들어 뒤돌아봤을 때 그 삶을 한 번 더
즐길 수 있게 될 것이다.

Live a good honorable life. Then when you get older and think
back, you'll be able to enjoy it a second time.

우리가 겪는 문제의 내부분은 무조건
우리 자신을 우선시 하려는 태도에서 기인한다.

Many of our problems stem from attitudes like putting
ourselves first at all costs.

물질을 주는 것은 아량을 베푸는 한 가지 형태이지만
너그러움은 모든 행동으로 확장시킬 수 있다. 다른
이들에게 친절을 베푸는 것, 배려, 정직, 칭찬하기,
필요한 사람에게 위안과 조언을 주는 것, 누군가에게
자신의 시간을 할애하는 것과 같은 행동들은
너그러운 행동들의 예이다. 그리고 그 행동들은
물질적 보상을 요구하지 않는다.

Giving material goods is one form of generosity, but one can
extend an attitude of generosity into all one's behavior. Being
kind, attentive, and honest in dealing with others, offering
praise where it is due, giving comfort and advice where they are
needed, and simply sharing one's time with someone - all these
are forms of generosity, and they do not require any particular
level of material wealth.

인류의 오랜 경험에 의하면 모든 것은 모든 면에서
서로 연결되어 있으며 따로 분리될 수 없다.

Our ancient experience confirms at every point that everything
is linked together, everything is inseparable.

마음과 육체의 긴밀한 상관관계와 우리 육체의
생리적 특정 기관들의 존재로 말미암아 요가와 함께
마음 훈련에 초점을 맞춘 특별 명상 기법을 활용하면
우리 건강에 긍정적인 영향을 미칠 수 있다.

It is because of the intimate relationship between mind and
body, and the existence of special physiological centers within
our body, that physical yoga exercises and the application of
special meditative techniques aimed at training the mind can
have positive effects on our health.

모든 선(善)은 감사의 토양에 뿌리를 내리고 있다.

The roots of all goodness lie in the soil of appreciation.

거대 다국적 기업들은 그것이 단기적 관점에서 돈을
잃게 된다 할지라도 가난한 국가들을 착취하는
일을 자제해야 한다. 선진국에서 소비를 조장하기
위해 가난한 국가들이 소유한 소중한 자원을
이용하는 것은 죄악이다. 그러한 행동이 지속된다면
결과적으로 우리 모두가 고통을 받게 될 것이다.
다변화하지 못한 취약한 경제를 강화하는 것이 정치
경제적 안정을 촉진하는 훨씬 더 현명한 방책이다.

Even though they will lose money in the short term, large multi-
national corporations must curtail their exploitations of poor
nations. Tapping the few precious resources such countries
possess simply to fuel consumerism in the developed world is
disastrous; if it continues unchecked, eventually we shall all
suffer. Strengthening weak, undiversified economies is a far wiser
policy for promoting both political and economic stability.

잠은 가장 훌륭한 명상이다.

Sleep is the best meditation.

꽃잎에 누운 아이, 세리그라피, 26.5×32.5cm, 1980

연민과 관용은 연약함의 징표가

아니라 힘의 징표이다.

Compassion and tolerance are not a sign of
weakness, but a sign of strength.

IX

사랑에는
판단이
뒤따르지
않는다

긍정적인 마음을 가진다면 우리는 설사 적대적인
사람들에게 둘러싸이는 상황이 벌어지더라도
마음의 평화를 잃지 않을 것이다.

If we have a positive mental attitude, then even when surrounded
by hostility, we shall not lack inner peace.

현대 사회에서 우리는 감정적 위기에 부딪히지만
기술 개발만으로는 감정적 문제들을 해결할 수 없다.
우리는 마음 훈련을 통해 감정적 문제들을 다스릴 수
있을 뿐이다. 우리는 고대 인도의 심리학에서 감정적
고통을 경감시키고 마음의 평화를 얻는 법을 배울 수
있다. 기존의 현대 교육 제도는 대체적으로 물질적
발전을 중심으로 이루어진다. 하지만 내면적 가치
또한 교육에 포함시켜야만 한다.

In today's world we face emotional crises, but technological
developments alone cannot solve our emotional problems. We
can only deal with them by training the mind. We can learn
from the psychology of ancient India how to alleviate our
emotional turmoil and find peace of mind. The existing system
of modern education is largely oriented towards material growth,
but we have to include inner values too.

마음 수양은 우리를 행복으로 이끌며, 수양되지 못한 마음은 고통으로 이끈다. 사실상 마음을 수양하는 것이 부처님의 가르침 중 가장 중요한 가르침이다.

It is felt that a disciplined mind leads to happiness and an undisciplined mind leads to suffering, and in fact it is said that bringing about discipline within one's mind is the essence of the Buddha's teaching.

평화로운 마음을 가지고 있다면 문제와 어려움을
만나게 되더라도 그것이 당신의 마음의 평화를
방해하지 못 할 것이다. 오히려 어려움으로 인해
자신의 지성을 더 효과적으로 활용할 수 있게 될
것이다. 하지만 정신적으로 불안하고 감정적일 때는
문제에 대처하기가 매우 어려워진다. 감정적인
마음은 편견에 사로잡혀 진실을 보지 못하기
때문이다. 따라서 그런 상태에서는 무슨 일을 하든지
현실 감각이 떨어져 당연스레 패배를 맛보게 될
것이다.

If you have peace of mind, when you meet with problems and
difficulties they won't disturb your inner peace. You'll be able to
employ your human intelligence more effectively. But, if your
mental state is disturbed, full of emotion, it is very difficult to
cope with problems, because the mind that is full of emotion
is biased, unable to see reality. So whatever you do will be
unrealistic and naturally fail.

불신은 좌절과 두려움을 낳는다. 그 결과 외로움이
자연스럽게 따라온다. 외로움은 환경이 만들어낸
결과가 아니다. 당신 자신의 마음가짐이 만들어낸
산물이다.

Distrust brings frustration and fear. So therefore, the lonely
feeling automatically come. So, lonely feeling is not creation of
environment, but creation of your own mental attitude.

— 6 —

나의 신념은 모든 부정적 감정을 극복할 수 있게
해주며 균형 감각을 유지하게 해준다.

My faith helps me overcome such negative emotions and
find my equilibrium.

진정한 친구는 돈이나 권력이 아닌 따뜻한 마음에 이끌린다. 그는 당신이 부자건 가난하건 높은 직위에 있건 상관하지 않고 그저 한 명의 인간이자 형제자매로서의 애정을 보여준다. 그것이 진정한 친구다.

Friends, genuine friends, are attracted by a warm heart, not money, not power. A genuine friend considers you as just another human being, as a brother or sister, and shows affection on that level, regardless of whether you are rich or poor, or in a high position; that is a genuine friend.

— 8 —

우리가 타인을 사랑하고 친절을 베풀면 다른 이들이 사랑과 관심을 받는다고 느낄 뿐만 아니라 우리 또한 내면의 행복과 평안을 얻을 수 있게 된다.

When we feel love and kindness toward others, it not only makes others feel loved and cared for, but it helps us also to develop inner happiness and peace.

자유를 향한 투쟁에서 진실은
우리가 보유하고 있는 유일한 무기이다.

In our struggle for freedom, truth is the only weapon we possess.

내면의 평화는 평화로운 세상을 만드는 가장
중요한 첫걸음이다. 그렇다면 내면의 평화를
어떻게 만들어낼까? 매우 쉽다. 첫째로, 인류가
하나라는 사실, 즉 모든 국가의 인간들은 한 가족
구성원이라는 사실을 확실히 깨닫는 것에서
출발한다.

Internal peace is an essential first step to achieving peace in the
world. How do you cultivate it? It's very simple. In the first place
by realizing clearly that all mankind is one, that human beings in
every country are members of one and the same family.

우리가 신앙인이든 불가지론자이든 상관없이,
그리고 우리가 신이나 업보를 믿는지의 여부와
상관없이 도덕적 윤리는 모든 이들이 추구할 수 있는
사회적 관례이다.

Irrespective of whether we are believers or agnostics, whether we
believe in God or karma, moral ethics is a code which everyone
is able to pursue.

— 12 —

인간에게 삶이 소중한 것만큼 말 못하는
생명체들에게도 소중하다. 인간이 행복을 원하고
고통을 두려워하듯이, 살기를 원하고 죽기를 원치
않듯이 다른 생명체들도 마찬가지다.

Life is as dear to a mute creature as it is to man. Just as one
wants happiness and fears pain, just as one wants to live and not
die, so do other creatures.

이론적으로 화합은 마음에서 우러나와야 한다.
화합은 신뢰를 기반으로 하기 때문이다. 물리력을
사용하게 되면 그 즉시 두려움이 발생한다. 두려움과
신뢰는 양립할 수 없다.

Logically, harmony must come from the heart... Harmony very
much based on trust. As soon as use force, creates fear. Fear and
trust cannot go together.

많은 사람들과 기업들은 오로지 한 가지 목표를
향해 나아간다. 돈, 돈, 더 많은 돈. 다른 이들이
이득을 얻을 수 있게 해주는 것이라면 돈을 벌려고
욕심을 부려도 좋다. 하지만 자신만을 위해 부리는
욕심이라면 바람직하지 않다. 오히려 스스로에게
독이 된다.

Many people and companies only have one goal: money, money,
and more money. Greed is ok when you let others profit from it,
but greed for oneself is bad, it makes you ill.

동기가 무엇인지는 매우 중요하다. 우리는 그것이
정치 분야이든, 경제, 비즈니스, 과학, 법, 약학
분야이든 타인에 대한 사랑과 존경, 그리고 우리가
하는 일의 정직성을 보여줄 수 있다. 좋은 동기를
가지고 있다면 우리는 우리가 하는 일을 통해
인류에 도움을 줄 수 있다. 하지만 예를 들어 우리가
나쁜 동기를 가지고 과학 기술을 활용한다면 지구
파괴의 두려움과 위협을 야기할 수 있다. 이것이
바로 연민을 기반으로 한 생각이 인류에게 중요한
이유이다.

Motivation is very important. We can show love, respect
for others, honesty in whatever we do, whether it's politics,
economics, business, science, law or medicine. With a good
motivation we can help humanity through what we do.
But if, for example, we use science and technology with a
poor motivation they can bring fear and the threat of global
destruction. That's why compassionate thought is important
for humankind.

과학자들은 인간이 본능적으로 연민을 가지고
있다고 결론 내렸다. 이는 희망의 증거이다.
만약 반대로 화를 내는 게 인간의 본능이라고
한다면 상황은 희망이 없었을 것이다. 중요한 것은
살아가면서 우리는 문제를 만들어서는 안 되며
인간들이 어떻게 서로 비슷한지 인식하고 타인의
행복에 관심을 가지는 태도를 키워야 한다는 것이다.
우리가 그럴 수만 있다면 속임수나 따돌림, 살인은
이 세상에서 종적을 감추게 될 것이다.

Scientists have concluded that basic human nature is
compassionate. This is a sign of hope. If it was otherwise and it
was human nature to be angry, things would be hopeless. What's
important is that while we're alive we shouldn't create trouble,
but, recognising how other people are human like us, should
cultivate concern for their well being. If we can do that there'll
be no basis for cheating, bullying or killing.

모든 종교는 사랑과 연민, 정의와 정직, 만족을
강조하는 똑같은 기본 사상을 가지고 인간을 이롭게
하려고 노력한다. 따라서 단지 소속 종교를 바꾸는
것만으로는 별다른 차이를 만들어내지 못한다.
한편 다원주의적인 민주 사회에서는 스스로 종교를
선택할 자유가 주어진다. 그렇게 함으로써 당신처럼
호기심 많은 사람들이 한 종교에 얽매이지 않아도
되게 해주므로 이는 좋은 일이다.

All religions try to benefit people, with the same basic message
of the need for love and compassion, for justice and honesty, for
contentment. So merely changing formal religious affiliations
will often not help much. On the other hand, in pluralistic,
democratic societies, there is the freedom to adopt the religion of
your choice. This is good. This lets curious people like you run
around on the loose!

— 18 —

눈에는 눈으로만 응수한다면 우리는 모두
장님이 될 것이다.

An eye for an eye … we are all blind.

종교적 신념을 행하는 것에서 행복을 찾지 못하는 이들은 급진적 무신론자로 남아있어도 된다. 선택은 어디까지나 개인의 권한이지만 중요한 것은 연민의 마음이고 그것이 있다면 문제될 것이 없다.

For those who may not find happiness to exercise religious faith, it's okay to remain a radical atheist; it's absolutely an individual right, but the important thing is with a compassionate heart - then no problem.

— 20 —

불교의 수행에는 세 가지 단계가 존재한다. 첫 번째
단계는 삶에 대한 집착을 내려놓는 것이고, 두 번째
단계는 욕심과 윤회에 대한 집착을 내려놓는 것이다.
세 번째 단계는 자기애를 내려놓는 것이다.

According to Buddhist practice, there are three stages or steps.
The initial stage is to reduce attachment towards life. The second
stage is the elimination of desire and attachment to this samsara.
Then in the third stage, self-cherishing is eliminated.

일반적으로는 당신의 개인적 배경에 맞게 수행에
임하는 것이 더 바람직하다. 물론 불교 신자들의
기법도 활용할 수 있다. 영적인 거듭남이나 난해한
철학에 의존하지 않고도 인내심과 연민, 용서 등의
자질을 키우기 위해 특정한 기법들을 활용할 수
있다.

Generally speaking, I think it is better to practice according to
your own traditional background, and certainly you can use
some of the Buddhist techniques. Without accepting rebirth
theory or the complicated philosophy, simply use certain
techniques to increase your power of patience and compassion,
forgiveness, and things like that.

부처님의 전기에는 수행의 3단계가 나온다.
도덕성을 지키는 것이 그 첫 번째이고, 두 번째는
명상에의 몰입, 그 다음은 지혜에 이르는 것이다.
그리고 이 수행은 시간이 걸리는 길이다.

In Buddha's life story we see the three stages of practice: morality comes first, then concentrated meditation, and then wisdom. And we see that the path takes time.

어떤 이들은 도덕성과 이타주의를 자연스럽게
세상의 종교적 시각과 연관시킨다. 그러나 나는
도덕성이 종교적인 성격을 가지고 있다는 생각은
오해라고 생각한다. 우리는 두 가지 종류의 영성을
떠올린다. 한 가지는 종교와 연관된 영성이고,
다른 하나는 인간의 마음에서 이웃에 대한 사랑과
그들에게 잘해주고자 하는 욕망의 표출로서
순간적으로 우러나오는 영성이다.

Some people automatically associate morality and altruism
with a religious vision of the world. But I believe it is a mistake
to think that morality is an attribute only of religion. We can
imagine two types of spirituality: one tied to religion, while the
other arises spontaneously in the human heart as an expression
of love for our neighbors and a desire to do them good.

변화는 오로지 행동을 통해서만 일어난다.
명상과 기도를 통해서가 아니다.

Change only takes place through action, not through
meditation and prayer.

우리는 한 사람 또는 한 국가의 고통이 전 인류의
고통이나 마찬가지라는 사실을 인식해야 한다.

We must recognize that the suffering of one person or
one nation is the suffering of humanity.

사랑에는 판단이 뒤따르지 않는다.

Love is the absence of judgement.

우리 자신의 두뇌와 가슴은 우리의 신전이다.
그리고 우리가 지켜야 할 철학은 친절함이다.

Our own brain, our own heart is our temple; the philosophy is
kindness.

인간은 삶의 목적을 가지고 있어야 한다. 삶의
목적은 뭔가 유용하면서도 좋은 것이어야 한다.

The important thing is that men should have a purpose in life.
It should be something useful, something good.

나는 셀 수 없을 만큼 많은 은하와 별, 행성들이 있는
우주에 어떤 깊은 의미가 있는지 모른다. 하지만
적어도 지구에 살고 있는 인간에게 자신을 위해
행복한 삶을 만들어가야 할 책무가 있다는 것만큼은
분명하다. 따라서 무엇이 가장 커다란 행복을
가져다주는지 아는 것이 중요하다.

I don't know whether the universe, with its countless galaxies,
stars and planets, has a deeper meaning or not, but at the very
least, it is clear that we humans who live on this earth face
the task of making a happy life for ourselves. Therefore, it is
important to discover what will bring about the greatest degree
of happiness.

파괴적인 감정에 사로잡혀 있을 때 우리는 가장
중요한 자산인 독립성을 잃어버리게 된다.

When we are caught up in a destructive emotion,
we lose one of our greatest assets: our independence.

지나친 자기중심적 태도는 타인에 대한 불신과
의심을 낳는다. 그리고 그것은 결국 두려움으로
이어진다. 하지만 더 열린 마음을 가지고 다른
이들의 행복에 관심을 가진다면 다른 이들의 태도가
어떻든 상관없이 당신은 마음의 평화를 유지할 수
있다.

Too much of a self-centered attitude creates mistrust and
suspicion in others, which can in turn lead to fear. But if you
have more of an open mind, and you cultivate a sense of concern
for others' well-being, then, no matter what others' attitudes are,
you can keep your inner peace.

물질을 주는 것은 아량을 베푸는 한 가지 형태이지만
너그러움은 모든 행동으로 확장시킬 수 있다. 다른
이들에게 친절을 베푸는 것, 배려, 정직, 칭찬하기,
필요한 사람에게 위안과 조언을 주는 것, 누군가에게
자신의 시간을 할애하는 것과 같은 행동들은
너그러운 행동들의 예이다. 그리고 그 행동들은
물질적 보상을 요구하지 않는다.

Giving material goods is one form of generosity, but one can
extend an attitude of generosity into all one's behavior. Being
kind, attentive, and honest in dealing with others, offering
praise where it is due, giving comfort and advice where they are
needed, and simply sharing one's time with someone - all these
are forms of generosity, and they do not require any particular
level of material wealth.

행복은 외부적 요인보다는 대개
우리의 태도에서 기인한다.

Happiness mainly comes from our own attitude,
rather than from external factors.

X

나의 종교는
친절입니다

— 1 —

분노와 자만, 경쟁심이 우리의 신짜 적이다.

Anger, pride and competence are our real enemies.

물질적 대상은 육체적 행복감을 가져다주는 반면
정신적 발전은 정신적 행복감을 가져다준다. 우리는
육체적, 정신적 행복 모두를 느끼기 때문에 물질적,
정신적 발전 모두를 도모해야 한다. 그러므로 우리
자신과 사회의 행복을 위해서라도 물질적 발전과
내면의 발전의 균형을 맞춰야 할 필요가 있다.

Material objects give rise to physical happiness, while spiritual
development gives rise to mental happiness. Since we experience
both physical and mental happiness, we need both material
and spiritual development. This is why, for our own good and
that of society we need to balance material progress with inner
development.

우리는 서로 사랑을 보여주고 돕는 행동을 연습해야 한다. 타인을 속이고 굴욕감을 주면서 자신의 행복을 추구하고 고통을 피하려고 하는 것은 실수다. 우리는 따뜻한 마음을 가지고 올바로 행동함으로써 행복을 성취하고 고통을 몰아내도록 노력해야 한다.

We should practice by showing one another love and helping one another. It is a mistake to pursue happiness and to seek to the avoid suffering by deceiving and humiliating other people. We must try to achieve happiness and eliminate suffering by being good-hearted and well-behaved.

— 4 —

다른 이들에게 최대한 정성껏 베풀면 당신의 행동은
내면의 기쁨을 가져다주는 원천이 될 것이다.

If you serve others as fully as you can, what you do will be a
source of inner joy.

나는 인권 활동이나 사회 운동도 영적 수행의 한
형태라고 생각한다. 자신의 인종, 종교, 민족, 사상을
지키기 위해 박해 받는 사람들의 편에 섬으로써
당신은 인류가 평화와 정의, 존엄에 더 가까워지는
데 이바지하고 있는 것이다.

I consider human rights work or activism to be a kind of
spiritual practice. By defending those people who persecuted
for their race, religion, ethnicity, or ideology, you are actually
contributing to guiding our human family to peace, justice,
and dignity.

— 6 —

현 시대를 살아가는 사람들로서 우리는 다음
세대를 걱정해야 한다. 깨끗한 환경에서 살아가는
것은 인간이 누려야 할 권리 중 하나이다. 따라서
우리가 처음 세상을 발견했을 때만큼 깨끗하지는
못할지라도 이 세상을 건강한 상태로 후대에
물려주는 것은 우리의 책임이다.

As people alive today, we must consider future generations:
a clean environment is a human right like any other.
It is therefore part of our responsibility toward others to
ensure that the world we pass on is as healthy, if not healthier,
than we found it.

어리석고 이기적인 사람들은 항상 자신만을
생각하며 그 결과는 항상 좋지 않다. 현명한 이들은
타인을 생각하며 가능한 한 그들을 돕고 그것으로
인해 행복해진다. 사랑과 연민은 당신과 타인
모두에게 이롭다. 타인에게 친절을 베풂으로써
당신의 마음은 평화를 향해 열릴 것이다.

Foolish, selfish people are always thinking of themselves and the
result is always negative. Wise persons think of others, helping
them as much as they can, and the result is happiness. Love and
compassion are beneficial both for you and others. Through your
kindness to others, your mind and heart will open to peace.

명상가에게는 육체적 건강이 중요하다. 따라서
바람직한 식습관이 필수적이다. 또한 맑고 강한
정신이 필요하며 이 또한 육체적 건강에 큰 영향을
미친다. 이러한 이유에서 그들은 생선, 고기, 마늘,
양파 등을 먹지 않는다. 소화불량은 명상에 치명적일
수 있어 적절한 음식을 적정량 먹어야 한다. 더욱이
과식을 하게 되면 깨어 있는 정신을 유지하기
힘들다.

Meditators need to be physically healthy. Therefore, proper diet
is essential. On the other hand, their minds should be clear
and strong and this will also contribute to physical health. For
these reasons, it is recommended that they give up eating fish,
meat, garlic, onions, etc. Appropriate food should be eaten in
moderation, for indigestion can cause havoc with meditation.
What's more, those who overeat can hardly stay awake.

진정한 명상가는 외부적 물질의 부족을
느끼지 않는다.

It is said that a real meditator never feels the lack of
external materials.

당신의 행동에 대해 책임지는 것을 회피하지 마라.

Do not avoid the responsibility of your actions.

두 팔 벌려 변화를 환영하되
당신의 가치 기준은 포기하지 마라.

Open your arms to change but don't let go of your values.

― 12 ―

나의 종교는 매우 단순하다. 나의 종교는 친절이다.

My religion is very simple. My religion is kindness.

위대한 사랑과 위대한 성취에는 큰 위험 부담이
따른다는 것을 염두에 두어야 한다.

Take into account that great love and great achievements
involve great risk.

— 14 —

내면의 의식, 자기 성찰, 이성적 판단 능력을 키우는
일은 명상과 기도보다 더 효율적이다.

To foster inner awareness, introspection, and reasoning is more
efficient than meditation and prayer.

우리는 진실의 힘을 믿어야 한다. 세상의 모든
것들은 끊임없이 변해도 진실은 그대로 남는다.

We must not lose our trust in the power of truth.
Everything is always changing in the world.

— 16 —

진실된 사랑과 연민을 가지고 있다면 다른 이가
나타나 어떻게 행동한들 당신의 태도에
아무런 영향을 미칠 수 없다.

With genuine love and compassion, another person's
appearance or behavior has no affect on your attitude.

도덕적 원칙의 기본은 진정으로 타인의 행복에 신경
쓰고 인류의 하나됨에 감사한 마음을 가지는 것이다.
과학이나 종교가 건설적인 것이 될지 파괴적인
것이 될지의 여부는 우리의 동기와 도덕적 원칙을
따르는지의 여부에 달려 있다.

The basis of moral principles is to have a real concern for
the well-being of others and an appreciation of the oneness
of humanity. Whether science or religion is constructive or
destructive depends on our motivation and whether we are
guided by moral principles.

— 18 —

비폭력이 유일한 방안이다. 설사 폭력적인 방법으로
목표를 달성한다 할지라도 부작용은 항상 있다.
그리고 그 부작용은 문제 자체보다 더 심각하다.
폭력은 인간 본성을 거스르는 일이다.

Nonviolence is the only way. Even if you achieve your goal by
violent means there are always side effects, and these can be
worse than the problem. Violence is against human nature.

오늘날 세계는 점점 더 물질만능주의가 되어가고
있으며 인류는 권력과 거대한 소유물에 대한 끝없는
욕망에 이끌려 외부적 발전의 정점으로 치닫고 있다.
그럼에도 모든 것이 상대적인 세상에서 완벽을
추구하는 허영심으로 인해 사람들은 내면의 평화와
행복으로부터 멀어져 방황한다.

Nowadays the world is becoming increasingly materialistic, and
mankind is reaching toward the very zenith of external progress,
driven by an insatiable desire for power and vast possessions. Yet
by this vain striving for perfection in a world where everything
is relative,they wander even further away from inward peace and
happiness of the mind.

평화는 가장 우선적으로 개인의 내면에서 생겨나야
한다. 나는 사랑과 연민, 이타주의가 평화의 기반이
된다고 믿는다. 이러한 자질들이 개인의 내면에서
생겨나게 되면 그는 평화와 화합의 분위기를
형성할 수 있게 된다. 이 분위기는 개인에서
가족으로, 가족에서 사회로, 그리고 종국에는 전
세계로 확장될 수 있다.

Peace must first be developed within an individual. And I believe
that love, compassion, and altruism are the fundamental basis for
peace. Once these qualities are developed within an individual,
he or she is then able to create an atmosphere of peace and
harmony. This atmosphere can be expanded and extended from
the individual to his family, from the family to the community
and eventually to the whole world.

명상의 가장 주된 목적은 마음을 단련하여
고통을 주는 감정들을 줄이는 데 있다.

The very purpose of meditation is to discipline
the mind and reduce afflictive emotions.

명상을 계속하라. 즉각적인 깨달음이란 없다.
마음은 천천히 깨달음의 길로 들어서는 것이다.
당신의 방식에만 집착하지 마라. 명상을 진행하면서
당신의 의식이 확장되고 변화할 때 모든 방법이
가능하다는 사실을 인식하게 될 것이다.

Keep up your meditation, as there is no instant illumination.
The mind moves slowly into this. Do not become attached to
your method. When, in the course of your meditation, your
consciousness will have expanded and been transformed, you
will then recognize that all the ways are valid ways.

도덕성과 집중적 명상, 지혜를 깨달음을 얻기 위한
수행의 가장 최종 목표를 상기시켜주는 청사진으로
여기라. 그것은 평화로움과 연민, 평온한 집중,
지혜를 지향하는 태도로의 변화를 의미한다.

Think of morality, concentrated meditation, and wisdom as a
blueprint for enlightenment, reminding us of the highest aim
of practice- a transformation of attitude toward peacefulness,
compassion, calm focus, and wisdom.

우리는 종교, 사상, 사회적 통념 등 모든 것들을
거부할 수 있다. 하지만 사랑과 연민의 필요에서
벗어날 수는 없다. 이것이 나의 진정한 종교이자
단순한 신앙이다. 이러한 점에서 사원이나 교회도
필요 없고, 이슬람 사원이나 유대교 회당도
필요 없으며, 복잡한 철학, 교리, 신조도 필요 없다.
궁극적으로 우리에게는 사랑과 연민만 있으면 된다.

We can reject everything else: religion, ideology, all received
wisdom. But we cannot escape the necessity of love and
compassion. This, then, is my true religion, my simple faith. In
this sense, there is no need for temple or church, for mosque
or synagogue, no need for complicated philosophy, doctrine,
or dogma. Our own heart, our own mind, is the temple. The
doctrine is compassion. Love for others and respect for their
rights and dignity, no matter who or what they are: ultimately
these are all we need.

사랑과 연민은 사치품이 아닌 필수품이다.
인간은 그것 없이는 생존할 수 없다.

Love and compassion are necessities, not luxuries.
Without them humanity cannot survive.

너그러움은 내면에 존재하는 연민과 자애의
가장 자연스러운 표출이다.

Generosity is the most natural outward expression of an
inner attitude of compassion and loving-kindness.

투명성의 부족은 불신과 깊은 불안감을 낳는다.

A lack of transparency results in distrust and a
deep sense of insecurity.

— 28 —

실패했을 때는 그 실패가 주는 교훈을 놓치지 마라.

When you lose, don't lose the lesson.

매일의 소중한 자연을 알아볼 수 있도록 노력하라.

Let us try to recognize the precious nature of each day.

규칙들을 잘 숙지하라. 그래야 그 규칙들을
효과적으로 위반할 수 있다.

Know the rules well, so you can break them effectively.

감사함을 실천하면 타인에 대한 존경심이 생긴다.

When you practice gratefulness, there is a sense of
respect toward others.

세속적인 인간주의조차도 거대한 영적 자원을
가지고 있다. 그것이 내게는 종교나 마찬가지이다.

Even secular humanism has great spiritual resources;
it is almost like a religion to me.

나는 그저 평범한 수도승으로 살고 싶다. 하지만 지난 30년 동안 나는 전 세계를 누비며 많은 친구들을 사귀었고 이 친구들과의 긴밀한 관계를 유지하기를 원한다. 나는 충돌을 줄이고 화합과 마음의 평화를 얻는 일에 기여하고 싶다. 가능성이 존재하는 곳이라면 어디든 나는 갈 준비가 되어 있다. 이것이 내 삶의 목표다.

I just want to live as a simple Buddhist monk, but during the last thirty years I have made many friends around the world and I want to have close contact with these people. I want to contribute to harmony and peace of mind, for less conflict. Wherever the possibility is, I'm ready. This is my life's goal.

달라이 라마 어록

이 침에 일어나면
꽃을 생각하라

2018년 11월 1일 초판 1쇄 발행
2019년 2월 1일 초판 2쇄 발행

지은이 달라이 라마 • 번역 강성실 • 감수 청전 스님
발행인 박상근(至弘) • 편집인 류지호 • 상무 이영철
책임편집 이상근 • 편집 김선경, 양동민, 주성원, 김재호, 김소영 • 그림 장욱진
디자인 쿠담디자인 • 제작 김명환 • 마케팅 허성국, 김대현, 최창호, 양민호 • 관리 윤정안
펴낸 곳 불광출판사 (03150) 서울시 종로구 우정국로 45-13, 3층
        대표전화 02) 420-3200 편집부 02) 420-3300 팩시밀리 02) 420-3400
        출판등록 제300-2009-130호(1979. 10. 10.)

ISBN 978-89-7479-477-4 (00840)

값 13,800원

이 도서의 국립중앙도서관 출판예정도서목록(CIP)은
서지정보유통지원시스템 홈페이지(http://seoji.nl.go.kr)와
국가자료공동목록시스템 (http://www.nl.go.kr/kolisnet)에서 이용하실 수 있습니다.
(CIP제어번호: CIP2018032761)

• 그림의 저작권은 장욱진미술문화재단에 귀속되어 있으며, 재단에서 제공받아 사용하였습니다.
• 이 책의 제목 서체는 아모레퍼시픽의 아리따 글꼴을 사용하여 디자인 되었습니다.

청전 스님

1972년 유신 선포 때 사회에 대한 자각으로 다니던 대학을 그만두고 성직자의 길을 선택했다. 그게 첫 번째 출가였다. 그 뒤 신학교에서 신부수업을 받다 1977년에 송광사로 두 번째 출가를 감행했다. 십여 년간 참선수행을 하다가 수행 과정에서 떠오른 의문들을 풀기 위해 1987년에 동남아의 불교 국가들을 둘러보는 순례길에 나섰다. 그때 마더 테레사 등 여러 성자들과 더불어 평생의 스승으로 모시게 될 달라이 라마와 운명적 만남을 가졌다. 일 년간의 순례여행을 마친 뒤 한국 생활을 정리하고, 1988년부터 지금까지 티베트 망명정부가 있는 인도의 다람살라에서 공부하고 있다. 매년 찻길도 없는 해발 사오천 미터 히말라야 산속 곰빠(불교사원)에서 생활하는 라다크의 스님들과 주민들을 위해 한국에서 공수해간 중고시계부터 의약품, 보청기, 손톱깎이까지 져 나르는 일도 수행의 큰 축이다.

인도 생활을 마치기 전에 해야 할 숙제가 있다. 오랫동안 인연을 맺어온 한국의 거사님이 내신 숙제인데 '달라이 라마의 온화한 미소를 배워오라'는 것이다. 언제가 될지 기약은 없지만 한국으로 돌아가면 가장 낮은 사람들과 함께하는 공간을 만드는 일, 그리고 종교 간의 화합을 위해 정진하는 성직자의 삶을 꿈꾼다.

티베트 원전 《깨달음에 이르는 길》과 《입보리행론》을 번역했고, 저서로는 《나는 걷는다 붓다와 함께》, 《달라이 라마와 함께 지낸 20년》, 《당신을 만난 건 축복입니다》 등이 있다.